Villiers de L'Isle-Adam

Grausame Geschichten

Villiers de L'Isle-Adam, Philippe Auguste Graf de

Grausame Geschichten

ISBN: 978-3-86267-561-6

Auflage: 1
Erscheinungsjahr: 2012
Erscheinungsort: Bremen, Deutschland

Europäischer Literaturverlag GmbH, Fahrenheitstr. 1, 28359 Bremen (www.elv-verlag.de). Übersetzung: Maria Ewers. Die Orthografie wurde an die neue deutsche Rechtschreibung angepasst und die Interpunktion behutsam modernisiert.

Cover: Ausschnitt aus der Tafel XVI der Carceri d'Inventione von Giambattista Piranesi (1761).

Grausame Geschichten

Inhalt

Das Recht der Vergangenheit	7
Akedysseril	16
Das Paar von Toledo	47
Vera	52
Tse-i-las Abenteuer	64
Das Ringspiel	73
Die Ungeduld der Menge	76
Die Töchter Miltons	84
Der Zar und die Nachteulen 1880	93
Die Marter der Hoffnung	103
Das himmlische Abenteuer	110
Der Schwanentöter	118
Platonische Liebe	122
Der Herzog von Portland	136
Vox populi	144

Das Recht der Vergangenheit

Es war am 21. Januar 1871, als Paris, bedrängt von dem ungewöhnlich strengen Winter, entkräftet durch den Hunger und ermattet durch die blinden, stets zurückgeschlagenen Ausfälle und den ewigen Anblick der schier uneinnehmbaren Stellungen, von denen aus der Feind ungestraft seine Bomben warf, endlich mit fieberzitternder, blutender Hand die weiße Flagge hisste, die den Kanonendonner sofort verstummen machte. Von einem Hügel aus beobachtete der Kanzler der deutschen Verbündeten die Hauptstadt. Als er plötzlich durch den eiskalten Nebel und den Rauch die Fahne bemerkte, stieß er rau den Feldstecher ineinander, wandte sich zu dem Großherzog von Mecklenburg-Schwerin, der neben ihm stand, und sagte:

»*Das Tier ist tot!*«

Der Gesandte der Regierung der nationalen Verteidigung, Jules Favre, war durch die deutschen Vorposten gekommen. Von einer militärischen Eskorte geleitet, überall mit lärmendem Zuruf empfangen, war er durch die Linien bis zum Hauptquartier der deutschen Armee gelangt. Man erinnerte sich wohl noch jener Zusammenkunft im Schloss von Ferrières in dem von Schutt und Trümmern erfüllten Saale, wo er früher schon eine erste Annäherung versucht hatte.

Heute trafen sich die Bevollmächtigten der beiden feindlichen Nationen in einem düstern Königssaale, in dem trotz des brennenden Feuers eine eisige Kälte herrschte.

Favre saß nachdenklich vor dem Tische und ertappte sich während der Unterredung dabei, dass er schweigend den Grafen von Bismarck-Schönhausen beobachtete, der hoch aufgerichtet vor ihm stand.

Die kolossale Gestalt des Paladins des Deutschen Reiches, der Generalsuniform trug, warf ihren Schatten auf den Fußboden des zerstörten Saales. Die Spitze seines stählernen, von dem weißen Rosshaarschweif umwallten Helmes funkelte im Lichte des Kaminfeuers. An der Rechten trug er den schweren Siegelring mit dem 700 Jahre alten Wappen der Stiftsamtmänner des Bistums Halberstadt, die später zu Baronen ernannt wurden, das Treff-Kleeblatt der Bistums-Mark mit der alten Devise: »*In trinitate robur*«.

Sein Militärmantel war über einen Stuhl geworfen und der Widerschein seines weinroten Aufschlages ließ den alten Schmiss auf seiner Wange blutrot erglühen. Er trug lange Stahlsporen mit fein geputzten Kettchen, gegen die ab und zu sein langer Schleppsäbel mit leise klirrendem Klang anstieß.

Hoch auf richtete er sein stolzes Bulldoggenhaupt, der Wächterhund des deutschen Hauses, dessen Schlüssel ›Straßburg‹ er soeben zurückgefordert hatte. Die ganze Persönlichkeit dieses eiskalten Mannes schien eine Verkörperung seines Wahlspruches »Niemals genug!« zu sein.

Die Faust auf den Tisch gestützt, sah er, ohne auf den Gesandten vor sich zu achten, durch den bleifarbenen Nebel in die Weite hinaus, als wolle er dort seinen eisernen, mächtigen Willen die Flügel ausbreiten sehen, so wie der schwarze Adler seines Banners das tat.

Er hatte gesprochen. Und durch seine Rede klang es von Übergabe der Armee und der Festungen, von ungeheuren Kriegsentschädigungen, von der Abtretung zweier Provinzen - - -

Und im Namen der Menschlichkeit hatte dann der republikanische Minister Appell an die Großmut des Siegers erhoben, dieses Siegers, der nur zu wohl sich erinnerte, wie Ludwig XIV. den Rhein überschritt und auf deutschem Boden von Sieg zu Sieg eilte – wie Napoleon Preußen beinahe von der europäischen Karte gestrichen hatte; dieses Siegers, der an Lützen und Hanau, an das ausgeplünderte Berlin und an Jena dachte.

Fernes Grollen der Artillerie, dem Echo des Donners vergleichbar, übertönte die Stimme des Parlamentärs, dem es plötzlich jäh ins Gedächtnis kam, dass heute ja der Jahrestag des Morgens sei, an dem der König von Frankreich vom Schafott herab an die Großmut seines Volkes appellierte, bis Trommelwirbel das Geräusch seiner Stimme übertönte. Unwillkürlich zitterte Favre über dieses seltsame Zusammentreffen, an das bisher sicher niemand gedacht hatte.

Die Geschichte aber sollte den 21. Januar 1871 als denjenigen Tag bezeichnen, an dem Frankreich kapitulierte und seinen Degen senkte.

Und als ob das Schicksal noch einmal in grausamer Ironie die Zahl des Tages, an dem der Königsmord sich vollzogen, wiederholen wollte, erhielt der französische Gesandte auf seine Frage, wie viel Tage Waffenstillstand bewilligt würden, die feste Antwort des Reichskanzlers:

»Einundzwanzig, nicht einen mehr.«

Der Vertreter Frankreichs mit dem Arbeiternamen, dessen Herz von heißer Liebe für sein Vaterland erfüllt war und der mit eingefallenen Wangen und ernstem Antlitz im Namen des Volkes das Wort führte, senkte zitternd das Haupt. Zwei Tränen – so rein wie die, welche ein Kind beim Anblick seiner sterbenden Mutter vergießen würde, drängten sich aus seinen Augen und rollten langsam bis zu den Winkeln seines fest zusammengepressten Mundes. Denn wenn es etwas gibt, was das Herz auch des skeptischsten Franzosen erbeben macht, so ist es, wenn der Stolz des Fremden sein Vaterland verletzt.

Der Abend brach an, die ersten Sterne funkelten. Nachdem die Herren einen eiskalten Gruß miteinander gewechselt, blieb der Vertreter Frankreichs allein in dem denkwürdigen Saale zurück. Er versank in tiefes Grübeln. Und da geschah es, dass eine Erinnerung in ihm erwachte, die ihm das zufällige Übereinstimmen der Daten, das er schon vorher bemerkt hatte, ganz außerordentlich erscheinen ließ.

Es war die Erinnerung an eine seltsame Geschichte, an eine Art moderner Legende, die durch verschiedene Zeugen und Umstände glaubwürdig gemacht wurde und in die er selbst auf eine ganz merkwürdige Art hineingezogen worden war.

An irgendeinem Tage des Jahres 1833 war ein Unglücklicher, unbekannten Ursprungs, den man aus einer kleinen Stadt der Provinz Sachsen ausgewiesen hatte, nach Paris gekommen. Er konnte sich nur ganz mangelhaft in der französischen Sprache ausdrücken; abgemagert, verfallen, ohne Obdach und ohne Geldmittel, hatte er den Mut, zu erklären, er sei der Sohn des Mannes, dessen königliches Haupt am 21. Januar 1793 auf der Place de la Concorde unter dem Beile des französischen Volkes fiel.

Er sagte, dass man die Leiche irgendeines Unbekannten untergeschoben und für die des Thronfolgers ausgegeben habe, dass aber, dank der treuen Ergebenheit zweier Edlen, der Dauphin von Frankreich tatsächlich aus den Mauern des ›Temple‹ gerettet worden und dass er selbst dieser königliche Flüchtling sei. Nach tausend widrigen Zufällen, nach Krankheit und tiefstem Elend sei er nun endlich zurückgekehrt, um seine Identität zu beweisen. Dieser Mann, der in *seiner* Hauptstadt nichts fand als ein elendes Lager – aus Mitleid, den man nicht als einen Wahnsinnigen, sondern als Lügner und Betrüger betrachtete, beanspruchte als rechtmäßiger Erbe die Krone von Frankreich! Niedergebeugt, weil die öffentliche Meinung ihn fast allgemein verurteilte, weil er nirgends angehört, überall zurückgestoßen wurde, verließ dieser Mann im Jahre 1845 Frankreich, um traurig und einsam in Delft in Holland zu sterben.

Wer das Trauerspiel des Lebens dieses Unglücklichen kannte, dem war es, als sei er einer jener Ausgestoßenen, denen das Schicksal zugerufen: »Ich will dein Antlitz mit meinen ehernen Fäusten zerschlagen, sodass deine eigne Mutter dich nicht wieder erkennen soll.«

Das Merkwürdigste an der ganzen Geschichte aber war die Tatsache, dass die Regierung der Niederlande mit der ausdrücklichen Zustimmung König Wilhelm II. plötzlich diesen rätselhaften Fremden mit königlichen Ehren bestatten ließ und offiziell die Erlaubnis gab, dass man folgende Inschrift auf sein Grab setzte:

Hier ruht Karl Ludwig von Bourbon, Herzog der Normandie, Sohn des Königs Ludwig XVI. und der Marie Antoinette von Österreich, König von Frankreich, der XVII. seines Namens.

Was hatte das zu bedeuten? Dieses Begräbnis, das die ganze Welt und die Geschichte der Lüge zieh, vollzog sich in aller Stille in Holland wie ein düsterer Traum, den man am besten vergisst.

Diese unerwünschte Parteinahme des Auslandes konnte nur das berechtigte Misstrauen noch verstärken; man fluchte über diese unerhörte Anklage.

Wie sich die Angelegenheit nun immer verhalten mochte: Der geheimnisvolle, verbannte und kummerbeladene Mann hatte eines Tages den damals schon sehr berühmten Advokaten, der heute Friedensvermittler des besiegten Frankreichs war, besucht. Der rätselhafte Prätendent hatte den Rat des republikanischen Redners in Anspruch genommen und ihm die Vertretung seiner Sache übergeben. Und wie durch ein Wunder war die anfängliche Gleichgültigkeit, ja die fast feindselige Stimmung des künftigen Volkstribunen bei der Durchsicht der ihm vorgelegten Dokumente und Papiere gewichen und hatte einem tiefen Interesse Platz gemacht. Erschüttert, tief ergriffen und – ob mit Recht oder Unrecht, was tut's? – Vollständig von dem Rechtsanspruch seines Klienten überzeugt, hatte Jules Favre die Sache desselben vertreten; er hat sie 30 Jahre lang geführt und mit ganzer Energie und vollster Überzeugung dafür gekämpft. Und von Jahr zu Jahr waren seine Beziehungen zu dem Geächteten inniger geworden, sodass, als eines Tages der Verteidiger seinen seltsamen Klienten in England besuchte, dieser, der sein nahes Ende wohl ahnte, ihm als Zeichen seiner Freundschaft und Dankbarkeit einen alten, mit Lilien geschmückten Ring schenkte, über dessen Ursprung er nichts Weiteres sagte.

Es war ein goldener Siegelring. Auf einem großen Opal, der einen rubinartigen Glanz hatte, war ursprünglich das Wappen der Bourbonen, drei goldene Lilien auf azurblauem Felde, eingraviert.

Damit aber der Republikaner ohne Skrupel dies Pfand der Freundschaft tragen könne, hatte der Geber so viel wie möglich das königliche Wappen verwischen lassen. Das Bild der Bellona, die den Bögen spannt, verdeckte die ursprüngliche Gravierung.

Wie nun die Biografen berichten, hatte dieser nebelhafte Kronprätendent von Zeit zu Zeit Visionen, ja, er glaubte, göttliche Eingebungen zu empfangen. Ganz besonders aber soll er mit einem ungewöhnlichen Ahnungsvermögen für kommende Dinge begabt gewesen sein.

Mit seltsamer Betonung und das Auge tief in das des Freundes versenkend, sprach er, als er an jenem Abende Abschied von ihm nahm, folgende merkwürdigen Worte:

»Herr Favre, Sie sehen auf diesem Opal die Bellona wie eine Statue auf einem Leichensteine. Sie erklärt - - - was sie verhüllt! Im Namen Ludwigs XVI. und eines ganzen Geschlechts von Königen, deren verzweifelte Erbschaft Sie verteidigt haben, tragen Sie diesen Ring! Mögen die beleidigten Manen meiner Vorfahren diesen Stein mit ihrem Geiste durchleuchten! Er soll Ihr Talisman sein und eines Tages in einer verhängnisvollen Stunde Zeugnis ablegen von ihrer unsichtbaren Gegenwart!«

Favre hat oft erklärt, dass er damals kaum Wert auf diese Worte gelegt, vielmehr geglaubt habe, der Prätendent habe sie in einer durch die lange, schwere Leidenszeit nur zu erklärlichen Aufregung gesprochen. Sie seien ihm damals ganz unverständlich gewesen. Er habe aber dem Wunsche gerne Folge geleistet und den Ring an den Ringfinger der rechten Hand gesteckt.

Von jenem Abend an hat Jules Favre den Ring Ludwigs XVII. getragen. Mit einer ihm selbst ganz rätselhaften Sorgfalt hat er stets darauf geachtet, dass er den Ring niemals verlor oder auch nur ablegte. Er erschien ihm fast wie eines jener eisernen Kettchen, welche die Ritter sich um den Arm schmieden ließen, um sie bis zum Tode zu tragen als ein Zeugnis des Schwures, mit dem sie sich der Verteidigung irgendeiner Sache weihten.

Verfolgte die Vorsehung einen geheimnisvollen Zweck damit, dass sie ihm die seltsame Gewohnheit auferlegte, sich niemals von der geheimnisvollen königlichen Reliquie zu trennen?

Musste gerade er, der erklärte Republikaner, dieses Zeichen an seiner Hand tragen, ohne zu wissen, wohin es ihn einmal führen sollte?

Er beunruhigte sich nicht darüber.

Aber wenn es einer versuchte, in seiner Gegenwart über den deutschen Namen seines toten Dauphins zu spotten, dann wurde er sehr nachdenklich! »Naundorf – Frohsdorf«, sprach er leise vor sich hin – –

Heute war dieser Bürgeradvokat der Repräsentant Frankreichs. Um das fertigzubringen, hatte Deutschland mehr als 150.000 Franzosen mit ihren Kanonen, Waffen und Fahnen, mit ihren Offizieren und Marschällen, mit dem Kaiser, ja mit der Hauptstadt selbst gefangen nehmen müssen! – Und das war kein Traum!

In diesem öden Saale nun, in dem Favre soeben die ersten Friedensbedingungen mit Bismarck durchberaten hatte, überfiel ihn die Erinnerung jener seltsamen Geschichte.

Tieftraurig saß er sinnend da, und ohne sich dessen bewusst zu sein, fiel plötzlich sein Blick auf den Ring an seinem Finger. Da schien der durchsichtige Opal auf einmal von einem hellen Lichte durchleuchtet zu sein und ganz deutlich sah er unter dem Bild der rächenden Bellona die drei Lilien des bourbonischen Wappens, die Jahrhunderte lang auf dem Schild des heiligen Ludwig gestrahlt hatten.

Acht Tage später, nachdem die Friedensbedingungen von seinen Ministerkollegen angenommen waren, begab sich Jules Favre mit allen Vollmachten ausgerüstet nach Versailles, um endgültig den Waffenstillstand zu unterzeichnen, der die Übergabe der Stadt zur Folge hatte.

Die Beratung war beendet. Herr von Bismarck und Herr Jules Favre hatten den Vertrag nochmals durchgelesen und fügten zum Schluss noch den Artikel 15 hinzu, dessen Wortlaut folgender ist:

Artikel 15. Zur Beglaubigung dieses haben die Unterzeichneten ihre Namensunterschrift hierunter gesetzt und mit ihrem Siegel die vorliegenden Verträge besiegelt.
Geschehen zu Versailles, 28. Januar 1871.
Gezeichnet: Jules Favre. Bismarck.

Nachdem Herr von Bismarck sein Staatssiegel aufgedrückt, bat er Jules Favre um dieselbe Formalität, um den Vertrag rechtsgültig zu machen, der jetzt in Berlin im kaiserlichen Archiv liegt.

Herr Jules Favre erklärte, dass er über all den Sorgen des Tages vergessen habe, das Petschaft der Französischen Republik mitzubringen, er wolle es sofort aus Paris holen lassen.

»Das würde eine ganz unnütze Verzögerung verursachen«, meinte Bismarck, »Ihr Siegelring wird uns vollständig genügen.«

Und als ob er gewusst hätte, was er damit tat, deutete der eiserne Kanzler langsam auf den Ring, den der Unbekannte unserm Gesandten geschenkt hatte.

Bei dieser unerwarteten Aufforderung erinnerte sich Jules Favre ganz deutlich der prophetischen Worte, die der Prätendent bei Übergabe des Ringes ihm gesagt hatte. Ein Schauer durchrieselte ihn, und wie von einem plötzlichen Schwindel erfasst, starrte er den undurchdringlichen Kanzler an.

In diesem Augenblicke war die Stille so groß, dass man in den benachbarten Sälen das kurze Aufstoßen der Morseapparate vernahm, die die große Neuigkeit durch Deutschland und die ganze Welt verbreiteten. Man vernahm das Schnauben der Lokomotiven, die schon die ersten Truppenzüge nach der Grenze zurückbeförderten. - - -

Jules Favre starrte wieder auf den Ring -!

Ihm schien es plötzlich, als seien die Geister der Könige von Frankreich in diesem alten Saale gegenwärtig als Zeugen des Gottesurteils, das sich hier vollstreckte. Von einer höheren, zwingenden Macht getrieben, wagte er es nicht, die Aufforderung des Feindes abzulehnen.

Es war, als zöge der Ring seine Hand mit geheimnisvoller Macht zu dem Vertrage.

Ernst verneigte er sich.

»Sie haben recht!«, sagte er. Und unten auf die Seite des Blattes, das seinem Vaterlande so viel Blut, zwei herrliche Provinzen, die brennende Hauptstadt und eine ungeheure Kriegsentschädigung gekostet hatte - - auf den roten Siegellack, der noch brannte und dessen Feuer die goldenen Lilien des Ringes an der Hand des Republikaners deutlich erkennen machte - drückte Jules Favre tief erbleichend das geheimnisvolle Siegel ein, auf dem unter der Figur der alten, rätselhaften Kriegsgöttin in dieser verhängnisvollen Stunde plötzlich, *gegen seinen Willen*, das Königshaus von Frankreich seine Gegenwart bekundete.

Akedysseril

An einem Abend in längst vergangenen Tagen lag Benares, die heilige Stadt, veilchenfarben auf dem Grund eines golddurchleuchteten Nebels. Auf den westlich gelegenen Höhenzügen bewegten sich die bläulichen, von der Abendsonne vergoldeten Umrisse der großen Dattelwälder über den Tälern von Habad. An den gegenüberliegenden Abhängen unterschied man in der Dämmerung geheimnisvolle Paläste, dazwischen Rosenhaine, in denen Tausende von Blütenkelchen sich in der leichten Brise bewegten. Da stiegen Springbrunnen auf, deren Wasserstrahlen wie Schneeflocken zurückfielen.

Mitten in der Vorstadt Secrolis erhob sich der Wischnutempel, dessen mächtige Säulengänge die Stadt beherrschten. Seine reich mit Gold verzierten Tore warfen den Schein des Abendrots zurück. Der Tempel war von den hundertsechsundneunzig weißmarmornen Heiligtümern der Devas umgeben; ihre Stufen umspülten die Wellen des Ganges, während die getriebene Arbeit ihrer Zinnen sich in den purpurglühenden, langsam dahinziehenden Wolken verlor.

Das strahlende Wasser schlummerte unter den heiligen Ufermauern. In der Ferne tauchten im Licht schimmernde Segel auf und längs des herrlichen Flusses erstreckte sich das Bild der Stadt in unregelmäßiger orientalischer Schönheit. Alleen erhoben sich terrassenförmig eine über der anderen; zahllose Häuser mit weißen Kuppeln und viele Monumente zeichneten sich in der Abendstimmung ab, man sah bis zu den Vierteln der Parsen hinüber, wo die Pyramide von Siwas Boten Wissikhor wie in feuriger Lohe zu glühen schien. Ganz in der Ferne sah man die kreisförmige Allee der Brunnen, die unendlichen Kasernen der Soldaten, die Basare des Handelsviertels und endlich die

Türme der Zitadellen, die schon unter der Herrschaft des Wiswamithra erbaut waren.

Am äußersten Horizont unterschied man seltsame, formlose Götzenbilder, die aus den felsigen Spitzen der Berge von Habad herausgehauen in eherner Unbeweglichkeit dort thronen. Viele dieser Steinbilder hielten in der weit über den schwindelnden Abgrund ausgestreckten Hand eine Lotosblume; ihr starres, unbewegliches Dasein schien den ganzen Raum zu erfüllen und wie ein Alp auf den Lebenden zu lasten.

An diesem Abend jedoch herrschte in Benares eine festliche Aufregung, die einen seltsamen Gegensatz zu der feierlichen Stille bildete, welche sonst abends über der Stadt ruhte. Die Straßen, die öffentlichen Plätze, die Alleen, die Vorhöfe, die sandigen Abhänge der beiden Ufer waren von einer freudig bewegten Menge erfüllt, denn die Wächter des heiligen Turmes hatten soeben mit ihren bronzenen Schlägern ein Zeichen auf ihren Gongs gegeben, das wie Donnergeräusch über die Stadt rollte. Dieses Signal verkündete die Rückkehr von Akedysseril, der jungen Königin, der Besiegerin der beiden Könige von Agra – der schlanken Witwe mit der schneeigen Haut und den funkelnden Augen, der Herrscherin, deren golddurchwirktes Gewand noch vom Trauerschleier umhüllt war und die bei der Belagerung von Elephanta durch ihren Heldenmut das ganze Heer mit Begeisterung entflammt hatte.

Akedysseril war die Tochter eines Hirten, Gwalior. Als das junge Mädchen an einem Herbstnachmittage in einem Tale in der Umgegend von Benares ihre Füße in dem Wasser einer Quelle badete, hatten gütige Dämonen ihr einen Auerochsenjäger entgegengeführt; es war Sinjab, der Thronfolger und Sohn Seürs, des Gütigen, der zu jener Zeit über das ungeheure Gebiet von Habad herrschte. Kaum hatte er sie gesehen, als das schöne und zu großen Dingen erkorene Mädchen alle Träume des jungen Fürsten erfüllte und eine tiefe Liebe zu ihr in seinem Herzen erweckte. Als er sie ein zweites Mal sah, entflammten die Sinne Sinjabs so mächtig, dass er Akedysseril zu seiner einzigen und rechtmäßigen Gemahlin erhob. So geschah es, dass die Tochter des Hirten die Hirtin und Führerin der Völker wurde.

Indessen schon kurze Zeit nach dieser wunderbaren Verbindung starb der Prinz, den auch Akedysseril auf das Zärtlichste geliebt hatte. Der König wurde über diesen Verlust von solcher Verzweiflung ergriffen, dass man in kurzer Zeit in Benares zum zweiten Male das Bellen der Hunde Jamas, des todverkündenden Gottes, hörte; bald musste man auch dem alten Fürsten ein Grab herrichten.

Von Rechtswegen hätte die Thronfolge Seürs nun auf Sedjnur, den jungen Bruder Sinjabs, übergehen müssen. Er war kaum dem Knabenalter entwachsen und stand unter der Vormundschaft Akedysserils.

Während der raschen Tage ihres aufsteigenden Glückes, ja noch während Sinjab lebte, hatte die Tochter Gwaliors, deren Geist in die Zukunft zu sehen schien, sich als kecke Verächterin fremden Rechtes erwiesen; sie kannte nur das Recht der Gewalt, des Mutes und der Liebe. Sie hatte durch weise Verleihung von Würden und von Geld sich am Hofe, in der Armee, in der Hauptstadt, im Rat der Beziere, in den Provinzen, sowie unter den Anführern der Brahminen eine Machtstellung zu schaffen gewusst, die sich von Stunde zu Stunde mehr festigte. Sie misstraute dem jungen Thronfolger, obwohl ihr der Charakter desselben ganz unbekannt war, denn Seür hatte den jungen Sedjnur weit fort zu den Weisen Nepals gebracht, damit er von diesen erzogen würde. Als nun der Hohe Rat sich anschickte, den Prinzen heimzurufen, beschloss Akedysseril, sich im Voraus aller Widerwärtigkeiten zu entledigen, die die Laune des neuen Herrschers ihr möglicherweise auferlegen konnte. Sie fasste den Plan, den Prinzen gefangen zu nehmen, und beschloss, trotz ihres sehr anfechtbaren Rechtes, selbst die königliche Gewalt zu übernehmen.

Während der Nacht der großen Trauerfeier schickte sie, in deren Auge kein Schlummer kam, eine Abteilung von Sowaris, deren Treue sie erprobt hatte, dem Prinzen Sedjnur entgegen.

Der Prinz wurde umringt und ohne Weiteres mit seinem Gefolge gefangen genommen, desgleichen die junge Prinzessin Yelka, die Tochter des Königs von Sogdiana, seine geliebte Braut, die mit nur ganz kleinem Geleite dem Prinzen entgegengekommen war.

Die Gefangennahme geschah gerade in dem Augenblicke, als die beiden jungen und für einander bestimmten Menschen sich zum ersten Male bei hellem Mondschein auf der Landstraße trafen. Von dieser Stunde an lebten die königlichen Kinder als Gefangene Akedysserils in zwei einander gegenüberliegenden Palästen, zwischen denen der Ganges floss. Tag und Nacht wurden sie von einer ernsten, schweigenden Wache beobachtet.

Diese doppelte Haft war politisch begründet: Wenn es einem von ihnen gelingen sollte, zu entfliehen, so blieb doch der andere als Geisel zurück. Da nach dem alten indischen Glauben der Prädestination die Verlobten sich längst füreinander bestimmt glaubten, lebten sie nur füreinander und liebten sich mit größter Wärme, obwohl sie sich nur einmal gesehen hatten.

Nach einem Jahre schon hatte sich die Macht in den Händen der Herrscherin völlig gefestigt. Ihrer Witwenschaft blieb sie treu; sie schien nur von dem Ehrgeiz beseelt, Kriegsruhm zu erwerben, mit keckem Mute trotzte sie allen Königen Hindostans.

War es nicht ihrem hellen Kopfe gelungen, die Grenzen des Landes zu erweitern? Die Dewas waren dem Glück ihrer Waffen gewogen. Das ganze Reich bewunderte sie und unterwarf sich willig der Zauberkraft dieser jungen

Kriegerin, die so herrlich erschien, dass ihre Soldaten es als Gnade empfanden, den Tod für sie empfangen zu dürfen. Ein ganzer Legendenkreis, der ihren Ruhm und ihr wunderbares Kriegsglück in den Schlachten verkündete, hatte sich um sie gebildet. Oft hatten ihre Krieger sie mitten im dichtesten Kampfesgewühle gesehen, wie sie strahlend und kühn, mit Blut besprizt, sich auf dem mit köstlichen Steinen geschmückten Tragstuhle ihres Kriegselefanten erhob und sorglos unter einem Regen von Pfeilen und Wurfspießen stolz und wild ihren glänzenden Säbel geschwungen und ihre Streiter zum Siege geführt hatte.

Was Wunder, dass die Heimkehr Akedysserils nach mehrmonatlichem siegreichem Feldzuge von dem Volk mit freudiger Ungeduld erwartet wurde!

Als die Königin nur noch ein paar Stunden von der Stadt entfernt war, hatten Läufer die Kunde davon nach Habad gebracht. Von Weitem unterschied man schon die roten Turbane des Vortrabs der Truppen, die auf eisernen Sandalen von den Hügeln hinabstiegen. Die Königin, so erzählte man, werde gewiss von der Straße von Surate herkommen, sie werde durch das Haupttor der Zitadelle einziehen und ihre Armeen in den umliegenden Dörfern lagern lassen.

Alles war in Tätigkeit, in den Alleen von Pryamveda drängten sich die Fackelträger unter den Bäumen. Königliche Sklaven erhellten den ungeheuren Palast Seürs mit Lampen.

Die Bevölkerung schmückte sich mit grünen Zweigen und die Frauen bestreuten den Weg zum Schlosse, der die Allee von Richis durchschneidet, mit großen Blumen. Die Menge neigte sich horchend zur Erde, um das Zittern des Bodens beim Nahen der Kriegswagen, des Fußvolkes und der Reiter wahrzunehmen.

Plötzlich hörte man das dumpfe Geräusch der Zimbeln, das sich mit dem Klirren der Waffen und Ketten und den wohllautenden Tönen der kupfernen Flöten vermischte.

Bald ritten von allen Seiten mit wehenden Fahnen die Kohorten des Vortrabs in die Stadt.

Der freie Platz vor dem Tore von Surate und Kama war mit kostbaren, fahlroten Teppichen belegt, wie sie in Irensul und in den fernen Fabriken von Ypsambul hergestellt und alljährlich von den turkestanischen Kaufleuten eingeführt werden.

Zwischen den Ästen der Dattelpalmen und Sykomoren der langen Alleen am Ganges wogten bunte köstliche Stoffe aus Bagdad zum Zeichen der Freude. Auf den Stufen des östlichen Tores der Festung umgab ein glänzendes Gefolge von Höflingen, Brahminen und Palastoffizieren den Vizegouverneur, neben dem die drei Beziere von Habad saßen. Man war in freudiger Erregung: Nun wird man Feste geben, wird die Kriegsbeute von Elephanta unter das Volk verteilen, nun wird man beim Fackelschein im großen Zirkus wieder die nächtlichen Rhinozeroskämpfe sehen, für die das Volk so schwärmt.

Man fürchtete nur, die Schönheit der jungen Königin könnte gelitten haben; vielleicht war sie sogar verwundet worden? Man fragte die ersten Vorreiter, diese beruhigten das Volk.

In einem freien Raume zwischen schweren bronzenen Dreifüßen, aus denen bläuliche Weihrauchwolken stiegen, bewegte sich ein Reigen von Bajaderen, die in durchsichtige leuchtende Stoffe gehüllt waren. Sie spielten mit Perlenketten, ließen die blanken Spitzen ihrer Dolche funkeln und plauderten lebhaft. Dazwischen tanzten sie in anmutigen Bewegungen auf und nieder.

Das war beim Eingange der Allee von Richis auf dem Wege zum Königspalaste.

Auf der anderen Seite des Platzes von Kama zog sich geheimnisvoll und dunkel eine andere tief verwachsene Allee hin, die seit Jahrhunderten schon niemand beachtete. Vor dem Eingang derselben standen, nur mit einem grauen

Leibschurz bekleidet, einige Schlangenbändiger, die zum Klange ihrer scharfen durchdringenden Musik ihre gezähmten Cobras auf der Spitze des Schwanzes tanzen ließen.

Es war die Allee, die zum Tempel Siwas führte. Kein Hindu würde es jemals gewagt haben, sich in das Dickicht ihres Schattens zu wagen. Die Kinder selbst waren gewöhnt, niemals davon zu sprechen; selbst nicht mit leiser Stimme. Eine alte Legende erzählte, dass in gewissen Nächten jedes Blatt dieser alten Bäume einen Tropfen Blut schwitze, dass ein Regen blutiger Tropfen dann langsam zu Boden falle und den Fußboden rot färbe.

– Aller Augen blickten fragend nach dem Horizont. Würde sie kommen, ehe die Nacht hereinbrach? Alles war in frohester Ungeduld.

Die Dämmerung sank tiefer hinab, das goldene Licht des Abendrots verglühte schon und einzelne Sterne stiegen am blassen klaren Himmel auf.

In dem Augenblicke, als der goldene Sonnenball schon im Begriff war hinabzusinken, als sein Schein noch einmal den westlichen Himmel erglühen machte, erschienen plötzlich von den fernliegenden Hügeln, zwischen denen die Straße von Surat sich hinzieht, große, in Staub gehüllte Ritterscharen, dann Tausende von Lanzenträgern und Kriegswagen. Von allen Seiten stiegen die in ihre braunen Kaftane gehüllten Phalangen von den Höhen herab. Sie trugen fahlrote Schuhe und eherne Knieschienen, aus denen scharfe Spitzen hervorstaken. Die Lanzenträger trugen Köpfe von Feinden auf ihren Spießen aufgesteckt in stolzem Triumphe vor sich her; sie stießen die abgeschlagenen Häupter roh gegeneinander, sodass sich diese in wildem Kusse zu berühren schienen. Dann kam der ganze Apparat der Kriegsmaschinen, Leitern und Hürden ohne Zahl auf Karren, die von starken Waldeseln gezogen wurden. Es folgten die Sänftenträger, die auf Laubbetten Schwerverwundete trugen. Daran schlossen sich die Fußtruppen an, endlich die langen Reihen der Proviantwagen. – Es war fast die ganze Vorhut; sie stiegen eilig die Fußwege der Hügel hinab, näherten sich rasch der Stadt und kamen durch alle Tore zugleich herein. Nun antwortete der helle Klang der königlichen Trompeten auf den dumpfen Ton der Gongs, der von den Türmen von Benares ertönte.

Schon nahten Ordonnanzoffiziere in gestrecktem Galopp, die nach allen Seiten hin ihre Befehle gaben; ihnen folgte eine Wagenreihe, auf denen die Trophäen, die Kriegsbeute und eroberten Schätze lagen. Dann zwei Legionen Kriegsgefangene; sie gingen gesenkten Hauptes und schüttelten grimmig ihre Ketten. Auf prachtvoll getigerten Pferden in vollem Waffenschmuck, aber tiefernst, ritten die beiden besiegten Könige von Agra daher.

Die Königin führte sie, wenn auch mit vollen Ehren, im Triumphe in ihre Hauptstadt. Hinter ihnen kamen glänzend geschmückte Kriegswagen, die von Jungfrauen in purpurfarbenen Rüstungen geführt wurden. Einige von ihnen bluteten aus schlecht mit Lappen verbundenen Wunden; alle trugen einen großen Bogen und einen Köcher mit Pfeilen über dem Rücken. Es waren die jungfräulichen Kriegerinnen, die als Leibgarde ihre junge Königin überallhin begleiteten.

Endlich, inmitten eines gewaltigen Halbkreises, der von dreiundsechzig Kriegselefanten gebildet war, auf denen die Sowaris und andere Elitetruppen ritten, erschien der große schwarze Elefant mit den vergoldeten Stoßzähnen, auf dessen Rücken Akedysseril wie eine Kriegsgöttin thronte. Bei diesem Anblick stieß die ganze Stadt, die bisher lautlos dem Schauspiele zugeschaut, einen einzigen, donnernden Beifallsruf aus. Tausende von Palmenwedeln wurden grüßend hin- und herbewegt, ein wahrer Freudentaumel schien sich des Volkes zu bemächtigen.

Schon von Weitem erkannte man die hohe schlanke Gestalt der Königin von Habad, die in weißem golddurchwirkten Gewande zwischen den vier Lanzen ihres Baldachins stand. Man sah den sternenbesäten Gürtel, von dem der Säbel herabhing. Mit der Linken hielt sie eine seine Kette, mit der sie selbst ihren Elefanten lenkte. Den Dewas gleich, deren Bild von den steinigen Höhen der Berge herabschaute, hielt sie in der rechten Hand die heilige Blüte Indiens, eine goldene Lotosblume, die mit Tautropfen von Rubinen besät war.

Die sinkende Sonne beleuchtete den großartigen Anblick. Man sah die tief herabhängenden Rüssel der Elefanten, so wie ihre wie Palmblätter gestalteten Ohren. Das Abendrot warf hier und dort einen blendenden Schein auf die kostbaren Steine, mit denen die Turbane geschmückt waren, oder auf das blanke Eisen der Schlachtbeile.

Der Erdboden aber dröhnte dumpf beim Herannahen dieses gewaltigen Heeres. Und hinter den Elefanten, die in furchtbarem Halbkreis den Raum erfüllten, erhob sich von einer Staubwolke umhüllt, von allen Seiten zugleich von den Bergen herabsteigend, das gewaltige Heer, ihm voran ein Zug von tausend Dromedaren. Die Stadt empfand es mit einer gewissen Beruhigung, dass in den Vororten alles zur Aufnahme der Soldaten vorbereitet war. Als die Königin von Habad nur noch einen Pfeilschuss weit vom Eingangstor entfernt war, kam ihr der Hofstaat entgegen.

Die weiße, strahlend schöne Fürstin war von hohem königlichen Wuchs. Ein mattrotes Diadem, das mit köstlichen Brillanten besetzt war, zwischen denen goldene Spitzen hervorstarrten, umgab ihre bleiche Stirn. Ihr aufgelöstes Haar und die Bänder des Diadems fielen lang über den Nacken und über das Goldgewebe ihres Gewandes. Die reinen Züge hatten einen geradezu wundersamen Reiz, obwohl sie im ersten Augenblick fast mehr Furcht wie Liebe erweckten. Und dennoch war sie der vergötterte Liebling aller dieser Kinder, die sich drängten, um die schöne geliebte Königin zu sehen.

Ihre elfenbeinfarbene durchsichtige Haut war von einem zarten Rosenschimmer belebt. Unter schön gewölbten Brauen und den müden schmachtenden Lidern der indischen Frau leuchteten geradezu sinnverwirrend schöne blaue Augen, die meist traumhaft und weltverloren darein blickten. Dies wunderbar ernste blasse Antlitz übte einen solchen Zauber aus, dass der, der es einmal gesehen, es nie wieder zu vergessen vermochte.

Die stolze Stirn, das zarte Oval der Wangen, die grausamen Nasenflügel, die bei annähernder Gefahr sich zu erweitern und zu erzittern pflegten, der blutfarbene kleine Mund, das festgeformte Kinn, ihr immer ernstes Lächeln, bei dem sie ihre weißen Pantherzähne zeigte, alle diese Reize vereinigten sich zu einem Ganzen von solcher Vollkommenheit, dass niemand ihr zu widerstehen vermochte.

Tiefernst und doch lieblich anmutsvoll wie eine Peri, erschien sie ein unergründliches Rätsel.

Abends, wenn sie in ihrem Zelt oder in den Gärten ihrer Paläste wie ein fröhliches Kind mit ihren Kriegerinnen zu spielen pflegte und die eine oder die andere im neckischen Tone von der Liebe sprach, die sie, wohin sie immer ihre Schritte lenkte, erweckte, dann lachte Akedysseril mit einem kleinen, geheimnisvollen Lachen.

Welche Seligkeit, dieses Weib besitzen zu dürfen! Wie geweihten Wein die köstlichen Tränen ihres Auges zu trinken, dem goldenen Klang ihres Lachens zu lauschen, den holdseligen Mund küssen zu dürfen und teilzunehmen an den Träumen und Wünschen dieses Herzens! Wortlos diesen schlanken bezaubernden Leib umfangen zu können, sich in dem Abgrund ihrer Zauberaugen zu verlieren! Sinnverwirrende Gedanken, für die jedoch die keusche junge Witwe durchaus kein Verständnis und keine Erwiderung zu haben schien. Diese ernste, herbe Fürstin pflegte die jungen Krieger im Kampfe zu einem wahren Heldenmut zu beseelen, sie dürsteten förmlich danach, unter ihren Augen zu kämpfen und zu siegen.

Und dann, es ging ein zarter, wunderbar berauschender Duft von ihr aus, der besonders im Handgemenge so stark war, dass die sie verteidigenden jungen Männer nur den einen Wunsch empfanden, für sie sterben zu dürfen – ein Opfer, zu dem sie zuweilen durch einen übermenschlichen Blick ermutigte, durch einen Blick, in dem sie sich selbst ganz hinzugeben schien.

So war Akedysseril. Nur einen Augenblick hörte sie auf die liebevollen und freundlichen Willkommensworte, mit denen ihre Edlen sie begrüßten. Auf ein plötzliches Zeichen fuhren die Wagen ihrer Kriegerinnen vor und verbreiteten sich über den Platz von Kama. Freudenrufe ihres Volkes tönten ihr entgegen. Über die ausgebreiteten Teppiche trieb Akedysseril ihren schwarzen Elefanten durch das Tor von Surate: So zog die Königin von Habad in Benares ein.

Da fiel ihr Blick plötzlich auf die verrufene Allee, in deren Hintergrund die ungeheure Fassade des Siwatempels sichtbar wurde.

Eine plötzliche Erinnerung schien sie zu durchzucken; sie ließ ihren Elefanten anhalten und rief den Treibern einen Befehl zu. Diese warfen rasch eine Strickleiter über den Rücken des gewaltigen Tieres. Leicht und gewandt stieg sie hinunter. Plötzlich standen, wie durch ihren Wunsch herbei gezaubert, drei Männer in schwarzem Turban und Gewand, sichere und erprobte Spione, die sie während ihrer Abwesenheit in geheimer Angelegenheit angestellt hatte, wie aus der Erde gewachsen vor ihr. Auf einem Wink ihres Auges wichen alle zurück und die tief vor ihr sich verneigenden Späher begannen ein leise flüsterndes Gespräch; einer nach dem anderen erzählte in kaum hörbaren Worten, die nur die Königin verstehen konnte; aber die Wirkung dieser Worte auf Akedysseril war so schrecklich, dass ihr Antlitz jäh erbleichte und dann einen furchtbar drohenden Ausdruck annahm.

Sie wandte sich um und mit rauer Stimme, die laut durch die Stille des Platzes schallte, rief sie:

»Einen Wagen!«

Ihre Lieblingskriegerin, die ihr am nächsten stand, sprang sofort zur Erde und bot der Königin die seidenen, mit Stahlfäden durchwirkten Zügel ihres Wagens an.

Mit einem Sprung nahm sie den verlassenen Platz ein.

»Niemand wage es, mir zu folgen!«, sagte sie.

Starren Auges blickte sie in die verrufene Allee. Das Staunen, die Betroffenheit des Volkes, die Bestürzung ihres Hofes ließ sie gänzlich gleichgültig. Akedysseril ließ ihre Pferde rennen, dass die Funken stoben, sie überrannte einen entsetzten Schlangenbändiger, zermalmte einige Schlangen unter der Wucht ihrer Räder und jagte wie ein abgeschossener Pfeil ganz allein durch die dunklen Bäume zu dem verhängnisvollen Tempel Siwas.

Sie hielt ihre Pferde vor dem nördlichen Eingang an, bei den basaltenen Säulengängen, die zum Allerheiligsten führen. Mit der einen Hand die Schleppe ihres goldfarbenen Gewandes hebend, überschritt sie keck die gefürchteten Stufen. Vor dem Eingang angelangt, schlug sie dreimal laut mit dem Degenknauf auf die bronzene Tür und die Wucht dieser Schläge war so kräftig, dass der Widerklang derselben wie eine leise Klage bis zum Platze von Kama drang.

Beim dritten Klopfen öffnete sich die geheimnisvolle Flügeltüre ohne jedes Geräusch. Akedysseril betrat das Innere des Gebäudes. Als ihre schlanke Gestalt darin verschwunden war, schlossen die unsichtbaren Hände der Tempeldiener die eherne Pforte hinter ihr. Ohne auch nur einen Blick zurückzuwerfen, wagte sich die kühne Tochter Gwaliors in die weiten von Säulen getragenen Säle, deren steinerne Fußböden das Geräusch ihrer leichten Schritte vielfach wiedergaben. Ein letzter Tagesschein fiel durch die kleinen runden Fenster, die an der westlichen Seite in die dicken Mauern eingelassen waren. Ihr scharfes Auge durchdrang die Dämmerung. Die Kriegsrüstung, die noch vom letzten Gefecht her mit Blut befleckt war, klirrte leise und das goldene Gewand streifte die langen Schatten, die die Götzenbilder über die steinernen Fliesen warfen.

Im Hintergrund, auf einem von roten Porphyrblöcken aufgetürmten Unterbau erschien furchtbar und drohend ein riesiges steinernes Bild, das schwarz wie die Nacht war. Der Koloss, der mit weit ausgespreizten Beinen dasaß, war ein Bild des schrecklichen Gottes Siwa, der als Feind alles Lebens gefürchtet wird. Sein nicht zu beschreibendes schreckliches Gesicht verlor sich in der Dunkelheit des Gewölbes. Der Gott faltete seine acht Arme über der Brust und seine Knie, die nach beiden Seiten ausgestreckt waren, berührten die Seitenwände des Heiligtumes. Schwere purpurne Vorhänge fielen von den Säulen herab und verbargen eine tiefe Höhlung, die in dem mächtigen Sockel Siwas eingelassen war. Hinter den dichten Falten dieses Vorhangs befand sich der Opferstein.

Seit uralter Zeit ist es in Indien der Brauch, dass bei Einbruch der Mitternacht, sobald die dumpfen Klänge des Gongs ertönen, die Brahminen Siwas aus ihren unterirdischen Zufluchtsstätten hervorstürzen, um ein menschliches Wesen in das Heiligtum zu schleppen, einen Lebensmüden, der sich ihnen selbst zum Opfer angeboten hat. Keine Lampe erhellt dann den Tempel des Siwa, nur auf dem Altare brennt ein Feuer, bei dessen rötlichem Schein die Priester ihr nacktes Opfer auf den Stein legen, wo es an Händen und Füßen durch schwere Ketten gefesselt wird. Die Tempeldiener stellen sich mit brennenden Fackeln im Kreise um die Brahminen. Der Oberbrahmine gibt ein Zeichen und der Opferpriester nähert sich langsam und bei jedem Schritt innehaltend, dem Steine. Schweigend beugt er sich über das Opfer und schweigend, mit einem einzigen geschickten Schnitt seines großen scharfen Messers, öffnet er die Brust des Lebensmüden. Dann tritt er von dem Opferstein zurück, der Oberpriester nähert sich, ruft die zerstörende Gottheit Siwas an und verflucht das Licht und das Leben. Er taucht seine Hände mit den starken langen Nägeln in die Wunde, erweitert dieselbe gewaltsam, wühlt brutal darin herum und endlich reißt er das blutende, noch zuckende Herz heraus. Mit hocherhobenen Armen bringt er es dem Gotte Siwa als Opfergabe dar. Die Brahminen aber, die vollständig in Verzückung geraten, murmeln in eintönigem Singsang die alten, seltsamen Weisen Siwas, jene großen Verwünschungen des Lichtes, die nur ihnen bekannt sind. Beim Schlusse dieser Lieder wirft dann der Oberpriester seine zuckende Opfergabe in das heilige Feuer.

Diese ganze geheimnisvolle Feier vollzieht sich mit größter Schnelligkeit und bald wieder ruht die alte feierliche Stille über Siwas Heiligtum.

An diesem Abend stand auf der dritten Stufe des Opfersteines der einzige sichtbare Bewohner des einsamen Tempels. Der Anblick dieses Mannes wirkte fast noch schauriger, wie der des Gottes Siwa selbst.

Ein riesenhafter, nackter Greis, nur die Lenden von einem dunklen Fetzen umhüllt, von erschreckender Magerkeit! Die gelbliche, graue, tief durchfurchte Haut hing lose um die fleischlosen Knochen, wie ein Geist hob sich die seltsame Erscheinung von den blutroten schweren Vorhängen ab.

Die unbewegliche Kälte und Strenge seines Antlitzes flößte Grauen ein. Der mächtig entwickelte Schädel war vollständig kahl.

Er war bartlos und hatte keine Brauen. Aus tief liegenden Höhlen funkelten stechende Augen, die selbst das Unsichtbare zu sehen schienen. Eine mächtige Adlernase sprang darunter hervor. Der Mund war zugekniffen und eingefallen; vollständig blutleer, sah er wie eine alte vernarbte Wunde aus. Nur durch die Kraft eines gewaltigen Willens schien die abgezehrte Gestalt sich aufrecht zu halten. Der Tod selbst würde ihn kaum verändert haben, denn was Menschen »Leben« nennen, schien in diesem gespensterhaften Asketen längst erloschen zu sein.

Dieser lebende Tote, der mehrere Jahrhunderte alt war, war der Oberpriester Siwas, der Priester mit den schrecklichen Händen, der Einsiedler, der seinen eigenen Namen vergessen hatte und der von keinem Sterblichen genannt wurde.

Er war es, den Akedysseril suchte, dessen Anblick sie mit einer Wut erfüllte, die sich durch das Wogen ihrer Brust, das Zucken ihrer Lippen, das Vibrieren ihrer Nasenflügel kundgab. Als sie vor ihm angekommen war, stand die Königin still und betrachtete ihn einen Augenblick, ohne ein Wort zu sprechen. Dann sagte sie mit lauter und voll durch die Gewölbe hallender Stimme:

»Brahmine! Ich weiß es, dass du dich freigemacht hast von Freud und Leid, dass du keinen Wunsch und keine Hoffnung kennst. Der Dunstkreis einer uralten Legende göttlichen Ursprungs umgibt dich. – Hirten und Kaufleute aus Kordofa, verirrte Luchs- und Auerochsenjäger sind dir nachts auf einsamen Bergpfaden begegnet. Sie haben gesehen, wie du in wildesten Wettern deine Stirn dem Sturm preisgabst und wie du, unbeirrt von Blitz und Donner, unempfindlich für jeden äußeren Einfluss den geheimnisvollen vernichtenden Gott anbetest, dem du dienst! Das Toben der Elemente verachtend, versenktest du dich ganz in das Nichts, das allein du anerkennst.

Womit also, du Unerreichbarer, könnte ich dir drohen? Die alte Wissenschaft meiner Henkersknechte würde an deiner Gefühllosigkeit scheitern, wie auch die Reize und Verführungskünste meiner schönsten Jungfrauen erfolglos sein würden. Deshalb will ich dich vor deinem Gotte selbst anklagen.« –

Sie setzte den Fuß auf die erste Stufe des Heiligtumes und erhob ihr Antlitz zu dem in tiefes Dunkel gehüllten Gesicht des Gottes.

»Siwa«, rief sie, »du großer mächtiger Gott, dessen unsichtbarer Flug die Welt mit Schrecken erfüllt und die Sonne verfinstert! Großer Gott, der du dich gegen das Licht auflehnst und die Lüge dieser Welt verdammst und zerstörst. Wenn ich je im Gewühle der Schlacht deine das Leben vertilgende Nähe gefühlt habe, dann, o Vater der höchsten, alles vernichtenden Weisheit, wirst und musst du die Tochter der Erde hören, die es wagt, dich in deinem Heiligtum zu stören, um deinen Priester anzuklagen!

Denke zurück! Nur wenige Tage waren nach dem Antritt meiner Regierung verflossen, als ich mit meinem Heere den Jaxartes und den Oxus überschritt, um als Siegerin in die Städte Sogdianas einzudringen, dessen König seine Tochter Yelka zurückforderte, die ich gefangen gesetzt. Ich wusste es, dass gewisse Parteien in Nepal meinen Kriegszug in das ferne Land dazu benutzten, um den Prinzen Sedjnur, den Bruder meines unvergesslichen Gatten, den ich mich nicht entschließen konnte, sterben zu lassen, zu ihrem Könige auszurufen. Wenn ich gleich die Siegerin, die Befreierin Nepals und die Witwe Sinjabs war – konnte man meine Rechte nicht anfechten? Entsprang Sedjnur nicht dem Stamme Ebbahars, dem ältesten Königsgeschlechte?

Ich siegte in Sogdiana und bei meiner Rückkehr gelang es mir, die Rebellen zu unterwerfen und für mich zu gewinnen. Man hat mich als einzige rechtmäßige Herrscherin anerkannt.

Um aber neue Uneinigkeiten und Aufstände zu verhindern, wünschte mein Staatsrat in Benares, den Gegenstand dieser Streitigkeiten zum Wohle aller zu vernichten. Sedjnur und seine Braut Yelka, meine Gefangenen, wurden zum Tode verurteilt und man beschwor mich, die Hinrichtung zu beschleunigen, um meinen Thron, so wie den Frieden der Völker zu befestigen.

Ich aber zitterte, die Verantwortung für ein solches Verbrechen auf mich zu nehmen. Sie waren meine Gefangenen, aber sollten sie darum auch mein Opfer werden? Ich kannte mein Herz, wusste, dass die Erinnerung an eine solche Tat mir den Stolz und die Freude meines Lebens rauben würde und, o Gott der Finsternis und des Verderbens! Ich bin nicht grausam, wie jene Töchter der reichen Parsen, die nur, um ihre Langeweile zu zerstreuen, lächelnd den Martern und dem Tode der Verurteilten zusehen. Die wahren Heldinnen, die in der Schlacht erprobten Kriegerinnen sind weich und gütig. Wie meine Ruhmesschwestern bin ich von Turteltauben erzogen!

Aber das Leben dieser Kinder bedeutete eine fortwährende Gefahr für mein Leben.

Ich hatte zu wählen zwischen ihrem Tod und den Strömen edlen Blutes, das ganz gewiss in ihrer Sache einmal fließen würde. Hatte ich, die Königin, das Recht ihnen das Leben zu lassen?«

»Ich beschloss daher, wenigstens einmal meine Gefangenen mit eigenen Augen zu sehen, um danach zu beurteilen, ob sie es überhaupt wert waren, dass meine Seele so schmerzlich um sie litt. Eines Tages zog ich beim ersten Morgenstrahl die Hirtenkleider an, die ich einst getragen, als ich noch in unserem Tale die Herde meines Vaters Gwalior hütete. Ungesehen und unerkannt wagte ich mich in ihre Wohnungen, die in den Rosengärten an den Ufern des Ganges liegen.

Oh Siwa! An jenem Abend kehrte ich wie vernichtet zurück, und als ich mich wieder allein und einsam in dem Paläste Seürs befand, in dem ich als Witwe lebe, da fühlte ich mich so verlassen, so todtraurig, wie ich dies nie für möglich gehalten hatte.

Wie liebenswert waren mir diese beiden jungen Menschen erschienen, die gar nicht daran dachten, mich als die Urheberin ihres Missgeschickes zu hassen. Ihr ganzes Dasein war nur von der Hoffnung auf eine baldige Vereinigung erfüllt und es galt ihnen wenig, ob sie einander in der Gefangenschaft, in der Freiheit oder in der Verbannung angehören würden. Und dann: Dieser königliche Jüngling mit den klaren durchdringenden Augen erinnerte mich nur zu lebhaft an Sinjab, meinen unvergesslichen Gemahl! Räumlich waren die Liebenden voneinander getrennt, aber ihre Seelen waren vereinigt, sie lebten nur eins in dem anderen! Hat man nicht seit undenklicher Zeit in unserm herrlichen Indien die Liebe so empfunden? Treu bis in den Tod!

Und diese beiden sollten mir gefährlich sein, Siwa? Sedjnur, der nicht umsonst von den Weisen Indiens erzogen worden war, schien sogar eine gewisse Genugtuung zu empfinden und dem Schicksal dankbar dafür zu sein, dass es ihn der Sorge enthoben hatte, die Last einer Krone zu tragen. Lächelnd bedauerte er mich, weil mein Leben ein überbürdetes sei. Er ist kein ehrsüchtiger Prinz und Lorbeeren und Ruhm, nach denen ich dürste, lassen ihn vollständig kalt.

Lieben und mit der Geliebten vereinigt zu sein, das dünkte ihm mehr wert, als alle Königreiche der Welt. Beide erklärten mir, dass sie fest davon überzeugt seien, dass ich sie bald, sehr bald vereinigen würde, denn ich selbst hätte geliebt und ich wäre der Erinnerung an den Geliebten treu geblieben.«

Einen Augenblick verbarg Akedysseril ihr strahlendes Antlitz in den Händen und fuhr dann fort: »Und als Antwort für dies mir geschenkte rührende Vertrauen sollte ich diese unschuldigen Kinder dem Henker überantworten? – Nein, niemals! Und doch, was konnte ich tun? Indien forderte den Frieden von mir und ihr Tod allein konnte den eigensinnigen Parteigängern des Prinzen ein Ende machen. Schon drohte ein neuer Aufruhr, als ich mit meinem Heere gegen die Skythen ziehen musste. Da kam mir ganz plötzlich ein gar seltsamer Gedanke. Es war am Vorabend des Tages, an dem ich gegen die Ureinwohner der arachosischen Berge ziehen wollte. Meine Gedanken suchten dich, dich allein, Siwa!

In der Nacht verließ ich heimlich meinen Palast und kam ganz allein hierher, erinnerst du dich dessen, du finstere Gottheit? Und hier in deinem Heiligtume erbat ich den Rat und die Hilfe deines düsteren Oberpriesters.

»Brahmine«, sagte ich zu ihm, »sieh', ich weiß, dass weder mein mit köstlichen Edelsteinen gezierter Thron, mein Ruhm, die Verehrung und Bewunderung meiner Heere und Völker, noch meine Schätze, noch die Macht, die diese unentweihte Lotosblume mir verleiht, das vollkommene Glück, das Entzücken, die wollüstige Qual gewähren können, wie die Liebe dies tut. Wäre es möglich von der Entzückung zu sterben, die die Braut empfindet, wenn sie zum ersten Male dem geliebten Mann ganz angehört, dann hätte mein Herz an dem Tage aufhören müssen zu schlagen, an dem Sinjab mit seinen süßen glühenden Küssen mich für immer in Fesseln schlug.

Und doch – wenn es durch irgendein Zaubermittel möglich zu machen wäre, dass die armen gefangenen Kinder an den Folgen einer alles überwältigenden, noch niemals empfundenen Freude stürben, – würde ein solcher Tod ihnen nicht wünschenswerter als das Leben selbst erscheinen? Wenn man durch ein Zaubermittel, durch die nur dir bekannte geheimnisvolle Kunst Siwas es fertigbringen könnte, die Liebe dieser Kinder, ihre Sehnsucht zueinander, zur höchsten Überspannung zu reizen, würde da nicht die plötzliche Erfüllung ihrer Wünsche, die heiße Flut der ersten Umarmung genügen, sie in eine Ohnmacht zu versenken, aus der sie nicht mehr erwachen dürften? Oh, wenn ein solcher Tod möglich zu machen wäre!« Für mich würde es eine Erlösung sein, weil sie selbst ihn herbeigeführt hätten. Es ist der einzige Tod, der mir dieses jungen, schönen Paares würdig erscheint!« Bei diesen Worten gab mir dein düsterer Priester dein göttliches Versprechen, er antwortete mir ruhig:

»Es sei so, Königin, ich werde deinen Wunsch erfüllen.«

Auf diese Versicherung hin habe ich dann Befehl gegeben, dass dein Priester Tag und Nacht freien Zutritt zu meinen Gefangenen haben solle.

Die Schönheit meines Verbrechens tröstete mich über die Schwere desselben und beruhigt unternahm ich am Morgen den Kriegszug nach Arachosien. Dank deinem Schutz, oh Siwa, und dank der Tapferkeit meiner braven Krieger, kehre ich heute Abend als Siegerin von dort zurück.

Kaum hatte ich die Stadt betreten, als ich mit tiefer Sorge des seltsamen Ereignisses gedachte, das sicher während meiner Abwesenheit stattgefunden hatte. Schon überlegte ich, als ich die Umrisse deines Tempels unterschied, welche Opfer ich dir darbringen sollte, als meine Späher vor mir erschienen und mir offenbarten, mit welcher Doppelzüngigkeit dieser alte Mann mich betrogen hat!«

Ernst schaute die Königin auf den Priester. Kaum ein leises Zittern ihrer Stimme verriet die Aufregung und den Zorn, die sie beherrschten.

»Verteidige dich", – fuhr sie fort. »Sage mir, in welcher Weise diese jungen Menschen in den Tod gegangen sind! Ließest du sie das höchste Glück genießen? Hast du durch deine geheimnisvollen Künste es fertiggebracht, die Glut ihrer Herzen bis zur höchsten Fieberhitze zu steigern, sodass ihre Sinne schwanden und ihr Leben erlosch, wie ich dies gehofft, wie du mir versprochen hast? Nein!! Schweige!!

Meine Späher sind stets in der Nähe dieser Mauern geblieben, sie beobachteten dich und ich habe allen Grund, ihre Treue und Wachsamkeit anzuerkennen. Oh – du siehst mich zornig an? Ich aber bin nicht von denen, die sich durch deinen Blick schrecken lassen und die von deinem

Zauber betört werden. Mein zornerfülltes Auge soll dich vernichten!

Oh Sedjnur, teurer Schatten, und du Yelka, süßes unschuldsvolles Mädchen! Kinder, Kinder! Hier steht er, der unheilvolle Mann, den ich anklage bei dem gnadenlosen Gotte, der die Liebe nicht kennt.

Wissen will ich, warum dieser schreckliche Sohn einer längst vergessenen Mutter mir den Hass verborgen hat, den er gegen den königlichen Stamm hegt, dem diese Fürstenkinder entsprossen sind; ich will wissen, weshalb er sich an diesen jungen Menschen rächte!

Denn wie anders kann man dein Werk erklären, Brahmine?

Es sei denn, dass die dir angeborenen wilden Gelüste dein unfruchtbares Alter zum Narren gemacht haben, dass du unzurechnungsfähig geworden bist! Aber bei der Arglist, mit der du die Beiden betört hast, ist dies kaum anzunehmen.

Mit Worten also und nur mit Worten hast du ihre Seele gemartert und sie in geheimnisvolle Todesangst versetzt. Du hast die armen Kinder so zu peinigen gewusst, dass sie endlich in den Tod gingen, nur um sich von dir zu befreien. Ja, ich errate den Zusammenhang deines schändlichen Handelns. Meine grenzenlose Verachtung allein ist es, die mich davon abhält, dein Haupt abzuschlagen, dass es über die Stufen dieses Altars rollt, den du durch deinen Verrat entweiht hast!«

Akedysserils Augen blitzten und mit unsäglich bitterem Ausdruck fuhr sie fort: »Sobald du durch deine priesterliche Würde und den Ernst deines Auftretens das Vertrauen dieser harmlosen Seelen gewonnen hattest, begannst du dein verfluchtes Werk. Zuerst machtest du dich daran, das Vertrauen in ihre gegenseitige Treue und Zärtlichkeit zu zerstören. Wie du es fertiggebracht, durch giftige Pfeile scheinbar ganz harmloser Worte und Verdächtigungen die

Kraft und die Lust am Leben und an der Freude zu zerstören – ich weiß es!

Greis, du hast sie glauben gemacht, dass eins dem andern treulos geworden sei. Dann hast du ihnen mitgeteilt, dass es nicht mein Wille sei, dass ihr Los ein vergessenes und freudloses sei, sondern dass ich im fernen Lande einen Genossen aus königlichem Stamme für sie erwählt hätte. Wie hast du es nur fertiggebracht, sie das glauben zu machen? Aber du wusstest, ihnen tausend Beweise dafür zu bringen. Sie hätten einander nur einmal ins Auge blicken dürfen, das würde genügt haben, alle diese Nebel zu zerstreuen. Aber sie waren ja voneinander getrennt! Ja, du triumphiertest und ich weiß, durch welch schrecklichen Kunstgriff! Du hast das bisher keusche Gefühl ihrer Liebe durch künstlich erregte Eifersucht, durch die Trauer ihrer Verlassenheit vergiftet, hast fleischliche Gelüste in ihnen zu erwecken gewusst und sie dann glauben gemacht, dass sie einander nie besitzen würden! Zwischen ihren Wohnungen, die durch die heiligen Fluten des Ganges getrennt werden, gingst du täglich hin und wieder, ein furchtbarer Zwischenträger, der die Herzen der armen Kinder mit Zweifel und Furcht erfüllte, ihre Hoffnungen zertrat und ihnen den Tod wünschenswert machte.

Meine Späher haben mir Aufklärung verschafft über die verderbliche Macht, über die du verfügst! Deine Zunge ist eine viel furchtbarere und gefährlichere Waffe, wie die haarscharfen Schwerter meiner Kriegerinnen; die Wunden, die sie schlägt, sind tief und unheilbar.«

Die Königin schloss einen Augenblick die Augen, sie schien den Faden ihrer Rede verloren zu haben, sie glättete mit der einen Hand ihre schön gezeichneten Brauen und erhob die andere drohend gegen den Brahminen.

».... Zuerst nur eine leicht hingeworfene Vermutung, der ein bedeutungsvolles schreckliches Schweigen folgt! Dabei erweckt der seltsame Tonfall deiner Stimme eine wahre Seelenqual, die du geschickt zu benutzen verstehst.

Aller Vernunft zum Trotz verstehst du es, durch seltsame Redewendungen, die fast ohne Bedeutung erscheinen, deren geheime Zauberkraft nur dir bekannt ist, die Gemüter aufzuregen und mit einer unbegreiflichen Angst und Unruhe zu erfüllen. Selbst diejenigen, denen du erst Misstrauen eingeflößt, verfallen nur allzu bald deiner Macht. Das Wort deiner Zunge gleicht dem kalten mitleidslosen Stahl eines zweischneidigen Schwertes, es blendet, zerschneidet, es mordet –!!

Du verstehst die Kunst, die schönsten Hoffnungen zu erregen, aber nur, um sie dann in grausamster Weise zu zerstören. Und wenn du endlich gegangen bist, hinterlässt du in dem Gemüte, das du mit deinem Gifte durchtränkt hast, eine ätzende Traurigkeit, die selbst im Schlafe nicht zu vergessen ist, die mit der Zeit wächst und die so drückend und düster wird, dass das Leben allen Reiz verliert. Der trauernde Blick ist gesenkt, der Himmel selbst erscheint getrübt und die Qual, die das Herz bedrückt, ist so groß, dass einfache Wesen daran sterben können. Mit derselben kalten Grausamkeit, mit der du das zuckende Herz aus der Brust deiner Opfer reißest, haben deine todbringenden Worte diese beiden holden Menschenblumen geknickt und vernichtet. Als ihre Lippen verstummt, das Lächeln darauf verloschen, ihre Augen starr und tränenlos geworden, als ihre Seelenangst das Maß dessen überschritten, was ihr Herz ertragen konnte, da wusstest du die Sehnsucht nach dem Tode in ihnen zu erwecken. Da sie fortwährend mit unbesiegbarer Sehnsucht aneinander dachten, musste ja ein Leben ohne Treue und Glauben und ohne die Hoffnung einander je besitzen zu können, ihnen wertlos erscheinen! – Und dann kam eine Nacht – eine Nacht, in der du es geschehen ließest, dass sie sich in den Strom stürzten – oh gewiss! Du hattest mir ja versprochen, sie in den Tod zu senden!!«

Nach diesen Worten herrschte eine Totenstille in dem Tempel.

Dann nahm Akedysseril noch einmal das Wort: »Priester, du hattest mir freiwillig versprochen, meinen Traum zu verwirklichen und ich habe dir geglaubt. Du standest hier als der geheiligte Vertreter deines Gottes, dessen ewige Wahrhaftigkeit durch dich geschändet ist, denn jeder Meineid verringert das Ansehen desjenigen, in dessen Namen er begangen ist. Ich aber will jetzt wissen, warum du mir getrotzt, aus welchem Grunde du mir einen so furchtbaren Streich gespielt hast. Antworte, ich befehle es dir!«

Wie ein Sonnenstrahl stand Akedysseril in dem Dunkel des Tempels; ihre Stimme hatte einen durchdringenden Klang angenommen, der das Echo ringsum erweckte:

»Hallo! Ihr verschleierten Fakire, die ihr wie Gespenster mich umgebt und die ihr euch vergebens hinter den Säulen dieses Tempels zu verbergen trachtet, euer Schatten verrät euch! Vernehmt die drohende Stimme einer schwer beleidigten Frau, die gestern noch die gehorsame Magd derer war, die Siwas Symbole auslegen und sein Wort verkünden, die heute aber als eure Herrscherin zu euch spricht. Hört mich wohl und versteht mich, meine Worte sind nicht eitel, ich habe jedes derselben wohl erwogen und überlegt, denn nicht ich bin es, die vor euch zu zittern hat!

Wenn dieser finstere Asket, euer Herrscher, sich jetzt meiner Frage durch ausweichende Antworten zu entziehen trachtet, dann wird – – ich, Akedysseril, schwöre es – – auf meinen Ruf der Schwarm meiner Kriegsjungfrauen auf ihren roten Wagen einherbrausen. Unsere Fackeln werden eure düstere Allee erhellen und mein mächtiges Heer, das noch trunken ist von dem letzten Siege, wird in die Stadt dringen. Es wird diesen Tempel, der keinen Gott mehr birgt, umlagern. Und in dieser Nacht noch werden die Stöße meiner bronzenen Sturmböcke die Mauern eures Tempels zertrümmern! Ich schwöre euch, ehe der Morgen naht, wird dieses ungeheure Götzenbild, in dem der Geist

Silvas jahrhundertelang gewohnt hat, vernichtet sein! – Meine Soldaten werden, ehe es Mittag geworden ist, diese Felsblöcke auseinandergerissen haben. Und am Abend, wenn der Wind aus den Bergen die Staubwolken zerstreut, die über den Tälern, Ebenen und Wäldern von Habad liegen, dann werde ich, die Rächerin, mit meinen Kriegsjungfrauen noch einmal zurückkehren und unsere schwarzen Elefanten werden den Erdboden zerstampfen, auf dem sich dieser alte Tempel befand. Mit frischen Lotosblumen und Rosen bekränzt, werden wir mit unsern goldenen Pokalen anstoßen und den Namen der beiden, die wir gerächt, in einem Liebes- und Siegesgesang den Sternen zujubeln! Und während dieser Zeit werden meine Henker umhergehen und diejenigen von euch, die noch übrig geblieben, aus den Trümmern dieses Tempels hervorziehen, ihnen die Köpfe abschlagen und sie in das große Nichts hinabsenden! .... Ich habe gesprochen.« –

Die Königin Akedysseril schwieg. Ihr Busen wogte, ihre Lippen zitterten, sie senkte die Lider über den feuerstrahlenden blauen Augen.

Der Priester Silvas wandte ihr sein bleiches, steinernes Antlitz zu und antwortete langsam mit tonloser Stimme:

»Junge Königin, glaubst du wirklich, uns, die wir das Leben verachten, mit dem Tode drohen zu können? Du hast uns Schätze gesandt und wir haben sie verächtlich auf die Stufen dieses Tempels gestreut, von denen kein Bettler Indiens sie aufzuraffen wagt. Du sprichst davon, diesen heiligen Ort zerstören zu wollen? Eitles Beginnen! Ein würdiges Ziel, dumme Krieger hierher zu führen, um Steine zu zertrümmern! Der Geist, der in diesen Steinen lebt und ihn durchdringt, ist der wirkliche Tempel. Du vergisst, dass es dieser heilige Geist allein ist, der dir selbst deine Machtstellung gegeben hat!

Du kamst zu mir, weil du dachtest, dass die Weisheit der Dewas diejenigen am meisten erleuchtet, die wie wir durch blutige Opfer, durch Fasten und Beten die Klarheit unserer Vernunft zu bewahren wissen. Ich nahm deine Bitte an, weil sie mir, trotz ihrer weiblichen Leichtfertigkeit, schön erschien, und ich versprach dir aus Rücksicht für deine hohe Stellung, sie zu erfüllen. Und nun, nachdem du kaum zurückgekehrt bist, lässt du deinen hellen Kopf verfinstern durch die Einflüsterungen deiner Spione und Zuträger, deren Dasein zu beachten meiner unwürdig ist. Du klagst mich an und verfluchst mein Werk, anstatt dich einfach zuerst an mich zu wenden, um es kennenzulernen. Du siehst aber, deine Drohungen, deren Echo noch von diesen Wänden widerhallt, schrecken mich nicht, und wenn es mir gefiel, deine lauten – jetzt bereits vergessenen – Beleidigungen bis zum Ende anzuhören, so geschah dies nur, weil der Zorn einer jungen ruhmvollen Kriegerin, deren Auge Feuer strahlt, dem Gotte Siwa stets wohlgefällig ist.

Also, Königin Akedysseril, du hattest einen sehnlichen Wunsch und wusstest nicht, wie derselbe zu erfüllen war. Du erstrebtest ein Ziel und strengtest dich an, den einzigen Weg zu finden, es zu erreichen. Du fragtest mich, ob es in der Macht der geheimen heiligen Wissenschaften stünde, ein Mittel ausfindig zu machen, durch das die Glut der Sinne der beiden Liebenden so heftig erregt würde, dass, wenn sie einander plötzlich besitzen würden, das Entzücken darüber wie ein Blitzstrahl ihr Leben vernichten könnte. Wirklich, ich habe keinen anderen Zauber, als den eines ruhigen vernünftigen Nachdenkens in Anwendung gebracht, um deinen Plan auszuführen. Höre also zu und merke wohl, was ich dir sage.

Als du die holde Blüte deiner Jugend dem jungen Gemahl geschenkt, als Sinjab dich in glückstrahlender Umarmung gewann, da wusstest du selbst, dass niemals eine Jungfrau höhere Wonne und größeres Glück empfunden. Du hast es mir gesagt, dass du überrascht warst, diesen Augenblick des Entzückens überlebt zu haben.

Und doch – erinnere dich – zu jener Zeit hattest du bereits das Szepter ergriffen, dein Geist wurde von ehrgeizigen Plänen beunruhigt, tausend Zukunftssorgen zogen durch deine Seele, es war schon nicht mehr in deiner Macht, dich ganz und vollständig hinzugeben. Jedes dieser Dinge nahm dir ein wenig von deinem Wesen, du gehörtest dir selbst nicht mehr ganz an und selbst in der Umarmung gedachtest du dunkel, trotz deiner Hingebung, all dieser Dinge, – die der wahren Liebe fremd sind!

Warum also, Akedysseril, wunderst du dich, eine Gefahr überlebt zu haben, die in Wirklichkeit gar nicht da gewesen ist?

Nun gedenke deiner Witwenzeit, schöne junge Frau, die du so tapfer deinen Schmerz zu besiegen weißt. Wie hätte der Besitz des geliebten Wesens dich töten können, da selbst der Verlust desselben dir nicht die Kraft und Freude des Lebens genommen hat?

Das kam daher, junges Weib, weil deine Hochzeitnacht einem Sternenhimmel gleich war. Sie glich einer jener klaren stillen Nächte, die nur von dem Funkeln der Sterne erhellt werden. Der Blitz Kamadewas, des Gottes der Liebe, durchzuckte ihn nur flüchtig wie Wetterleuchten; aber nicht in einer solchen stillen Nacht fährt ein Blitzstrahl in die Herzen der Menschen!

Nein, das geschieht nur in jenen verzweifelten, düsteren, trostlosen Nächten, wo der Tod uns willkommen erscheint, wo man Vergangenes nicht beklagt, Zukünftiges nicht fürchtet, wo kein anderes Gefühl die Seele bewegt, als die Liebe! Nur in einer solchen Nacht fährt der zugleich beglückende und vernichtende Wetterstrahl Kamadewas nieder. Nur dann, wenn die Liebe Herz, Sinne und Gedanken vollständig erfüllt, bis zu dem Punkte, wo eins im andern sich vollständig auflöst! Denn es ist ein ewiges Gesetz der Götter, dass die Größe einer Freude nach dem Maße des Leidens und der Verzweiflung bemessen wird, die man um sie gelitten hat. Nur ein Entzücken, das sich wie eine Feuersbrunst der Seelen bemächtigt, wird sie befreien und vom Leben erlösen.

Darum brachte ich so viel Leid in das Leben der Kinder, ja viel mehr Leid noch, als deine Späher dir erzählt haben! – – Doch nun zu den Geheimkünsten, über die wir alten Brahminen verfügen – glaubst du, dass deine alles wissenden Spione das Innere der großen Felsen kennen, von deren Spitze die beiden jungen Verurteilten sich gestern Abend in den Ganges stürzen wollten?«

Akedysseril riss ihr Schwert aus der Scheide, unfähig ihren Zorn länger zu beherrschen, rief sie funkelnden Auges:

»Unsinniger Barbar! Willst du mich mit gleisnerischen Worten betören, wie du meine armen Opfer in einen hässlichen Tod gelockt hast? Ah, schon tragen die Wellen ihre unschuldigen Leiber durch das Schilf den Strom entlang! Nirwana ruft dich! Stirb!«

Ihr Schwert umschrieb einen funkelnden Kreis, noch einen Moment und der Asket wäre dem unerwarteten heftigen Angriff des starken, jungen Armes erlegen.

Aber plötzlich warf sie die Waffe weit von sich und das klirrende Geräusch des niederfallenden Schwertes dröhnte durch den Tempel.

Und das geschah, weil der finstere Oberpriester, ohne nur das Auge zu seiner Anklägerin zu erheben, ohne Zorn und Leidenschaft, ganz gleichmütig, die zwei Worte gemurmelt hatte:

»Sieh her!«

Bei diesen Worten teilten sich die großen Vorhänge, die den Altar Siwas verhüllten und man sah in das Innere der Höhle, über der der Gott thronte.

Zwei Asketen hielten mit gesenkten Augen die blutroten Falten des Vorhanges an beiden Seiten zurück. Im Innern des Schreckensortes brannte ein Feuer auf dem Dreifuß. Da der Gott Siwa das freie Auflodern des Feuers verbietet, so waren die Flammen durch große goldene Platten niedergedämpft, in denen sich die Glut widerspiegelte, wodurch der Opferstein mit unheimlicher Helle beleuchtet wurde. Zu Häuptern desselben standen zwei Tempeldiener, die brennende Fackeln trugen. Und dort auf dem schwarzen Marmorbette lagen zwei junge Gestalten, blass und unbeweglich, dicht beieinander. Die weißen Falten ihrer durchsichtigen Tuniken ließen die Linien ihrer Körper durchschimmern. Ein sanftes Lächeln umspielte ihre Lippen, es lag wie Licht über den bleichen Zügen; der Abglanz einer schöneren Welt schien darauf zu ruhen.

Ein himmlisches Glück, das das Maß dessen überschritt, das die Götter den Menschen sonst schenken, schien sie vom Leben befreit zu haben und der Tod hatte es nicht vermocht, den Widerschein dieses Glückes von ihrem Antlitze wegzuwischen.

Auf diesem Lager, auf das die Tempeldiener sie gelegt hatten, bewahrten sie noch die Haltung, in der der Tod, dessen Kommen sie sicher kaum bemerkt, seine Schatten über die beiden jungen Wesen geworfen hatte.

Die jugendliche Schönheit Sedjnurs schien in ihrer strahlenden Blässe der Dämmerung des Ortes Trotz zu bieten. Er hielt sie, die sein Alles war, mit den Armen umschlungen, und Yelka, deren weißes Antlitz etwas nach hinten fiel und deren Arm den Hals des Geliebten umfasste, schien wie in einer Verzückung eingeschlafen zu sein. Ihre freie Hand lag auf Sedjnurs Stirn. Ihr schön aufgelöstes Haar umfloss sie und ihn in dunklen Wellen und der ihm entgegengeneigte halb geöffnete kleine Mund schien ihm mit dem ersten Kuss, zugleich den letzten Seufzer darzubieten. Sie schien mit einer letzten Anstrengung den Mund des Geliebten an ihre Lippen ziehen zu wollen, während ihr zarter, jungfräulicher Busen an seiner Brust ruhte.

Ja, es war offenbar, die ganz unerwartete plötzliche Vereinigung, auf die beide nicht mehr zu hoffen gewagt, die Trunkenheit der Sinne, die sie bei der Erfüllung ihres glühenden Wunsches ergriffen, hatte wie ein elektrischer Schlag auf die beiden jungen Menschen gewirkt und sie aus diesem Leben in den Himmel ihrer Träume getragen. Es wäre sicher für sie eine Strafe gewesen, wenn sie diesen unvergleichlichen Augenblick überlebt hätten!

Schweigend blickte Akedysseril auf das wunderbare Werk des Oberpriesters Siwas.

»Glaubst du, dass, wenn die Dewas dir die Macht verleihen würden, sie zu erwecken, diese Verklärten das Leben dankbar ansehen würden? – Du, du selbst, o Königin, beneidest sie!«

Sie antwortete nicht, eine seltsame Bewegung verschleierte ihre Augen. Sie stand bewundernd vor der Erfüllung ihres seltsamen Wunsches.

Plötzlich hörte man das lauter und lauter werdende Murmeln von vielen Stimmen, das Geräusch sich nähernder Schritte, das Wogen des Volkes außerhalb des Tempels, das Klirren von Waffen.

Tief sich vorneigend, das Schwert in der Hand, standen die drei Großveziere auf der Schwelle des Tempels, zögernd traten sie näher, als sie ihre junge Königin mit abgewandtem Antlitz von dem heiligen Feuer der Opferflamme beleuchtet da stehen sahen.

Hinter ihnen drängten sich die Kriegsjungfrauen der Königin, die mit drohender Gebärde nach Akedysseril ausspähten, von Unruhe ergriffen, was aus ihrer jungen Herrscherin geworden sei. Sie konnten sich kaum überwinden, gleich in das Allerheiligste des Gottes einzudringen.

Alles rief Akedysseril in das Leben zurück, mahnten sie, ihrer Stellung als Königin eingedenk zu sein, ihre Pflichten auf sich zu nehmen, ihren schönen Traum und ihr eigenes verlorenes Liebesglück für immer zu vergessen.

Tief seufzte die junge Königin und die zwei ersten, zugleich auch die zwei letzten Tränen ihres Lebens benetzten wie Tautropfen die Lilien ihrer Wangen.

Aber bald fasste sie sich. Stolz und hoch aufgerichtet betrat sie die oberste Stufe des Altars:

»Vizekönige, Wesire und ihr meine tapferen Krieger«, rief sie mit ihrer durchdringenden Stimme, die allen so wohl bekannt war und die hell aus den Säulengängen des Tempels zurücktönte. »Ihr habt den Tod eines Prinzen beschlossen, der nach dem Tode meines königlichen Gemahls Sinjab der Erbe des Königsthrones von Seür war. Ihr habt mich zu eurer Königin ausgerufen und ihr habt Sedjnur und seine Braut Yelka, die Prinzessin jenes reichen Landes, das wir durch die Gewalt unserer Waffen uns Untertan gemacht, zum Tode verurteilt, – – hier sind sie! –

Betet für die Seelen der Dahingeschiedenen, die nun in lichteren Sphären wandeln. Singt die Hymnen des Yadnur-Veda, meine tapferen Kriegerinnen und ihr kühnen Krieger! Möge Indien unter meinem Szepter endlich dauernden Frieden erringen und unter dem Wahrzeichen des Lotos, der heiligen Blume, ewig blühen!

Die Herzen aller ernst und edel Denkenden unter euch aber werden mit mir trauern: Denn auf diesem Opfersteine ruht der Letzte des indischen Königsstammes.

Das erlauchte Geschlecht der Ebbahar ist erloschen.«

Das Paar von Toledo

Ein orientalischer Sonnenaufgang färbte die granitenen Skulpturen an der Front des Gerichtsgebäudes zu Toledo, besonders den Hund, der eine brennende Fackel in der Schnauze trägt, das Wahrzeichen des geistlichen Gerichtshofes, mit glühendem Rot.

Zwei Feigenbäume beschatteten die bronzene Pforte, von deren Schwelle seitwärts gelegene Stufen in das Innere des Palastes führten, der einem fast unentwirrbaren Labyrinth glich. Die Gänge stiegen bald, bald senkten sie sich, zweigten sich ab und waren geradezu darauf berechnet, die Sinne zu verwirren. Diese irreführenden Wege gingen in den Ratssaal, in die Zellen der Inquisitoren, in die geheime Kapelle, die hundertzweiundsechzig Kerker, die Geißelkammer und in die Schlafsäle der geistlichen Richter; wieder andere führten durch endlose kalte Gänge zu verschiedenen Schlupfwinkeln, zu dem Refektorium, der Bibliothek und anderen Sälen.

In einem dieser Räume, der mit seinen reichen Möbeln, den kostbaren Tapeten aus Córdoba, den Topfgewächsen, vergoldeten Gittern und seltenen Gemälden gar seltsam von der Nacktheit der anderen Gemächer abstach, stand an jenem Morgen mitten auf dem rosenfarbenen Grunde eines byzantinischen Teppichs ein hochgewachsener Greis. Seine nackten Füße waren nur mit Sandalen bekleidet, die Hände waren gefaltet und die großen Augen starr auf einen Punkt gerichtet. Der alte Priester war von riesenhaftem Wuchs, er war mit einem weißen Talar mit eingewirktem rotem Kreuz bekleidet; der lange schwarze Mantel hing über seinen Schultern, er trug ein schwarzes Barett und als Gürtel einen eisernen Rosenkranz. Er schien wenigstens achtzig Jahre alt zu sein. Leichenfarben, aufgerieben von Kasteiungen und zweifellos blutend unter dem härenen Büßergewande, das er niemals ablegte, blickte er aufmerksam auf einen Alkoven, in dem ein mit Blumenkränzen umhangenes, reich geschmücktes, üppiges, weiches Bett stand. Dieser Mann war Thomas von Torquemada.

Um ihn herrschte in dem weiten Palast eine tiefe, ergreifende Stille; sie schien von den hohen Gewölben herabzufallen und lagerte sich wie ein Raufrost über dem steinernen Fußboden.

Plötzlich zog der Groß-Inquisitor von Spanien an dem Ring einer Schelle, deren Klang man nicht vernahm. Ein ungeheurer Granitblock, der mit Tapeten behangen war, setzte sich langsam in Bewegung und ein dunkler Eingang erschien in der dicken Mauer. Drei Inquisitoren mit heruntergezogenen Kapuzen erschienen in der Öffnung. Sie stiegen eine enge Treppe hinauf, die aus dem Dunkel kam; hinter ihnen schloss der Block sich wieder. Es dauerte nur zwei Sekunden, einen Blitzschlag lang! Aber diese zwei Sekunden reichten dazu aus, dass ein roter Schein aus irgendeinem unterirdischen Saale das Zimmer erhellte und dass ein furchtbares Durcheinander herzzerreißender Jammertöne, so grell und schrecklich, dass es unmöglich war, das Alter und Geschlecht der Schreienden zu unterscheiden, das Gemach erfüllte; es war, als ob plötzlich die Hölle ihre Pforten geöffnet hätte.

Dann wieder tiefe Stille ringsum.

Ein kühler Hauch wehte durch die weiten Gänge des Palastes, über deren Steinplatten nur hie und da ein verlorener Sonnenstrahl huschte oder ein Inquisitor auf leisen Sandalen daherschritt.

Torquemada sprach ein paar Worte mit leiser Stimme.

Einer der Inquisitoren ging hinaus und ließ gleich darauf zwei junge Menschen vor sich eintreten; fast Kinder, ein Jüngling und ein junges Mädchen, er achtzehn, sie höchstens sechzehn Jahre alt.

Die feine Bildung ihres Gesichtes und ihre aristokratischen Züge bezeugten ihre vornehme Abkunft; auch ihre kostbare Kleidung, die höchste Eleganz mit größter Einfachheit verband, bekundete, dass sie aus vornehmen Familien stammten. Man glaubte das berühmte Paar von Verona, Romeo und Julia, vor sich zu sehen. Mit naiv erstauntem Lächeln und offenbar etwas verlegen und errötend, sich einander hier gegenüber zu stehen, blickten beide auf den heiligen Greis.

»Meine lieben, guten Kinder«, sagte Thomas von Torquemada, indem er ihr Haupt segnend mit den Händen berührte, »ihr liebt einander nun über ein Jahr; für eure Jugend bedeutet das schon eine lange Zeit! Ihr liebt euch mit einer so keuschen und innigen Liebe, dass ihr, wenn ihr euch mit niedergeschlagenen Augen in der Kirche begegnet, einander kaum anzusehen wagt. Da ich dies weiß, habe ich euch heute Morgen zu mir beschieden, um euch durch die Ehe zu verbinden, wie dies von euren Familien langst beschlossen ist. Euere mächtigen und vornehmen Familien sind davon in Kenntnis gesetzt, dass ich euch mit dem heiligen Sakrament der Ehe segnen werde. Ein Palast, euer künftiges Heim, erwartet euch und wird zu euerm Hochzeitsfeste hergerichtet und geschmückt. Bald werdet ihr dort sein, eurem Rang entsprechend glücklich darin leben, und ohne Zweifel werden liebliche Kinder, Blumen des Christentums, um euch erblühen.

Oh, ihr tut wohl daran, euch zu lieben, ihr auserkoren jungen Herzen! Auch ich kenne die Liebe, ihr Hangen und Bangen, ihre Tränen, ihre Angst, ihr seliges Entzücken! Mein Herz verzehrt sich in Liebe, denn die Liebe allein ist das Gesetz des Lebens, das Siegel der Heiligkeit. – Wenn ich es daher übernommen habe, euch schon jetzt zu vereinigen, so geschieht dies, damit der Urquell der Liebe, der in Gott selbst ist, nicht durch zu fleischliche Gelüste, durch unlautere Begierde in euch getrübt werde; durch zu lange Verzögerung des rechtmäßigen Besitzes entflammen die Sinne junger Verlobter oft zu unheiliger Glut! Schon fingen euere Gebete an zerstreut zu werden. Die stete Wiederholung eurer Wünsche fing an, ihre Reinheit zu trüben. Ihr seid zwei Engel, die, um sich der Wirklichkeit ihrer Liebe bewusst zu werden, danach dürsten, sie zu befriedigen, ihre Genüsse auszukosten, sich zu besitzen!

Es sei so! Ihr seid hier in dem Zimmer des Glücks! Ihr werdet nun die ersten Stunden eurer Ehe hier verleben, dann werdet ihr mich hoffentlich dafür segnen, dass ich euch, *euch selbst*, d. h. Gott zurückgegeben habe, und ihr werdet zurückkehren in die Welt, um ein würdiges Leben zu führen in dem hohen Stande, für den Gott euch bestimmt hat.«

Auf einen Wink des Großinquisitors entkleideten die Inquisitoren rasch das reizende Paar, das so bestürzt, vielleicht auch so entzückt über diese plötzliche Wendung des Geschicks war, dass es auch nicht den kleinsten Widerstand leistete. Wie zwei herrliche Statuen standen die Zwei einander gegenüber. Dann fühlten sie sich von duftenden, weichen Lederbanden umschlossen, die sie sanft gegeneinanderpressten, und so – Herz an Herz und Lippe an Lippe wurde das junge Paar, dessen Bewegungen durch die elastischen, aber starken Banden gehemmt waren, aufgehoben und auf das eheliche Bett getragen.

Im nächsten Augenblicke hatte man sie allein gelassen, zu ihrer großen Freude, die bald ihre Verwirrung besiegte. So groß war das Entzücken, das sie empfanden, dass sie unter heißen Küssen einander zuflüsterten:

»Oh, könnte es nur in alle Ewigkeit so bleiben!«

Aber nichts hienieden dauert ewig, ihre zärtliche Umarmung währte nur – – – 48 Stunden!!! Dann kamen die Inquisitoren wieder, öffneten die nach den Gärten zu gelegenen Fenster und ließen die reine Luft herein. Die Fesseln der Liebenden wurden gelöst, ein Bad, dessen sie sehr bedurften, belebte sie etwas. Als sie wieder angekleidet waren und leichenblass, stumm und ernst, mit eingesunkenen Augen, kaum imstande, sich aufrechtzuerhalten, dastanden, erschien Torquemada, der düstere Greis. Er segnete sie und zischte ihnen ins Ohr:

»Jetzt, meine Kinder, nachdem ihr die schwere Prüfung des Glücks durchgemacht habt, gebe ich euch dem Leben und eurer Liebe zurück! – Ich glaube, dass eure Gebete zu Gott jetzt weniger zerstreut sein werden als vorher!« – –

Ein feierliches Gefolge führte sie in ihren festlich geschmückten Palast, wo ihre Familien sie mit freudiger Aufregung erwarteten.

Aber während des Hochzeitsfestes bemerkten die Festgenossen nicht ohne Erstaunen ein gewisses gequältes Benehmen zwischen den beiden jungen Ehegatten, sie sprachen nur wenig, ihre Blicke wandten sich voneinander ab.

Fast voneinander getrennt, lebte jeder von ihnen in seinen eigenen Gemächern; sie starben ohne Nachkommenschaft und niemals wieder umarmten sie einander – aus Furcht ... aus Furcht – – – *das noch einmal zu erleben*! – –

Vera

Die Liebe ist stärker wie der Tod, sagt Salomon: Ja, ihre geheimnisvolle Macht ist unbegrenzt.

Die Dämmerung eines Herbstabends senkte sich über Paris. Einzelne Wagen, die sich im Bois verspätet hatten, rollten mit angezündeten Laternen dem dunkeln Faubourg St. Germain zu. Einer von ihnen hielt vor einem großen herrschaftlichen Hause, das von einem hundertjährigen Garten umgeben war. Der Bogen des Torwegs wurde von einem mächtigen Schilde überragt, das das alte Wappen der Grafen von Athol trug: blauer Grund, übersät mit silbernen Sternen, dazu die Devise »Pallida Victrix«; darüber eine mit Hermelin gefütterte Krone auf einem Fürstenhut. Die schweren Flügeltüren öffneten sich weit: Ein Mann, der ungefähr 30 bis 35 Jahre alt sein mochte, stieg aus dem Wagen; er war in Trauer und sein Gesicht war erschreckend bleich. Auf der Freitreppe standen ernst und still die Diener des Hauses mit Fackeln in den Händen. Ohne sie eines Blickes zu würdigen, überschritt er die Stufen und trat ein. Es war der Graf von Athol. Schwankend erstieg er die Treppe, die zu dem Zimmer führte, darin seit diesem Morgen ein Sammetsarg stand, in dem in weiße Schleier gehüllt und von Veilchen überdeckt, Vera ruhte, seine angebetete Gattin, seine höchste Lust und seine Verzweiflung. Unhörbar bewegte sich die Tür in den Angeln, er hob den Vorhang auf und trat ein.

Alles war noch genau so, wie die Gräfin es am Abend vorher verlassen hatte. Wie ein Blitzstrahl aus heiterem Himmel hatte der Tod sie hingerafft.

In der letzten Nacht hatte sich seine Liebste so erschöpft in Liebkosungen, so aufgelöst in Lüsten, dass ihr Herz im Kampfe zersprang: Ein tödlicher Purpur färbte plötzlich ihre Lippen. Kaum hatte sie Zeit gehabt, ihrem Gatten lächelnd ohne ein Wort den letzten Kuss zu geben, dann schlossen sich ihre dunkeln, langen Wimpern wie ein Trauerschleier über den brechenden Augen.

Und der Tag kam und ging.

Am nächsten Mittag fand die schreckliche Beisetzung in der Familiengruft statt. Noch auf dem Friedhof verabschiedete sich der Graf von Athol von dem Trauergefolge. Alle waren gegangen, nur er blieb zurück. Er trat hinein in das Mausoleum und schloss die eiserne Tür hinter sich ab. Weihrauch brannte auf einem Dreifuß vor dem Sarge, zu Häuptern der Verstorbenen leuchtete hell eine Lampenkrone. Aufrecht, grübelnd unter dem Albdruck eines Gefühls hoffnungsloser Zärtlichkeit hatte er den ganzen Tag dort zugebracht. Erst um sechs Uhr, zur Dämmerzeit, hatte er den heiligen Ort verlassen. Er schloss die Gruft ab, zog den silbernen Schlüssel heraus und warf ihn leise durch die durchbrochene Tür in das Innere des Grabes. Warum nur? Sicher infolge eines plötzlichen, seltsamen Entschlusses, nie mehr an diesen Ort zurückzukehren.

Und dann ging er wieder in das verlassene Schlafgemach. Das Fenster, das mit weichen, malvenfarbigen und reich mit Gold gestickten Kaschmirvorhängen verhangen war, stand weit offen. Ein letzter Strahl der scheidenden Sonne fiel auf das von einem geschnitzten Holzrahmen eingefasste Porträt der Toten. Der Graf blickte um sich. Das am Abend abgelegte Kleid hing über dem Sessel, auf dem Kamin lagen ihre Schmucksachen, die Perlenkette, der halb offene Fächer, die geschliffene Flasche, deren Wohlgerüche sie niemals wieder einatmen würde. Das aus Ebenholz geschnitzte Bett, das auf gewundenen Säulen ruhte, war noch nicht wieder gemacht worden und auf den mit Spitzen besäten Kopfkissen war die Stelle sichtbar, auf der ihr geliebtes Haupt geruht hatte; dort lag auch das Taschentuch, dass das junge Weib in ihrem kurzen Todeskampfe mit ihrem Blute gerötet hatte. Das Klavier, das noch eine ewig unvollendete Melodie auszuklingen schien, stand offen; süße indische Blumen, die sie selbst im Treibhause gepflückt hatte, welkten in alten Meißner Vasen. Zu Füßen des Bettes standen auf einer schwarzen Pelzdecke die kleinen orientalischen Pantöffelchen, auf denen mit Perlen Veras Devise gestickt war: »Wer Vera sieht, muss Vera lieben!« Noch gestern Morgen spielten darin die nackten Füßchen seiner Geliebten, bei jedem Schritt geküsst von dem Schwanenpelz. Und dort, dort im Schatten hing die Wanduhr, deren Feder er zerbrochen hatte, damit sie nie mehr eine andre Stunde schlagen sollte.

So war sie wirklich fort! ...

Und wohin? Und er sollte weiter leben?

Wozu denn? Unmöglich! Lächerlich!

Und der Graf versenkte sich in neue seltsame Gedanken. Er dachte an sein ganzes vergangenes Leben. Sechs Monate waren seit dieser Ehe vergangen. War es nicht im Auslande gewesen, auf einem Ball des Gesandten, als er sie zum ersten Mal gesehen hatte? Ja, dieser Augenblick stand lebhaft vor ihm. Damals sah er sie zuerst in ihrer strahlenden Schönheit. An jenem Abend waren sich ihre Augen begegnet und sie erkannten sich und verstanden, dass ihre Liebe ewig sein würde. Das beobachtende Lächeln, die anzüglichen Redensarten, alle die kleinen Bosheiten und Hindernisse, mit denen die Welt das Glück – das sie doch nicht vereiteln kann – zweier Menschen, die sich angehören, zu hindern sucht, alles das versank in der ruhigen Sicherheit, die sie beide vom ersten Augenblicke an erfüllte. Vera, müde von den faden Formen der Gesellschaft, war beim ersten Hindernis selbst zu ihm gekommen und ersparte ihm so in großherzigster Weise die Schritte des Alltagsfreiers, die uns die kostbarste Zeit des Lebens stehlen. Bei den ersten Worten schon – – erschien ihnen ihre Umgebung einem Zuge von Nachtvögeln gleich, der in seine Finsternis zurückfliegt. Welch ein Lächeln tauschten sie aus und welche unauslöschlichen Küsse!

Aber ihre Natur war eine höchst seltsame. Diese beiden Wesen waren mit einer wunderbaren Empfänglichkeit der

Sinne begabt, aber nur für irdische Dinge. Die Leidenschaft steigerte sich in ihnen mit beunruhigender Heftigkeit. Sie vergaßen sich selbst, um sich ihr ganz hinzugeben. Dagegen fehlte ihnen für andere seelische Empfindungen, für den Begriff der Unendlichkeit, für Gott sogar jedes Verständnis. Der Glaube so vieler Menschen an übernatürliche Dinge war für sie nur ein Gegenstand seltenen Erstaunens, ein verschlossenes Buch, das sie nicht lasen, dass sie weder verteidigten noch verdammten. So schlossen sie sich bald von der Welt ab, die ihnen so fremd war, und versteckten sich in dem dunklen Herrensitze, wo die dicht verwachsenen Gärten jedes Geräusch von außen her fernhielten. Dort versenkte sich das junge Paar in jenes Meer sinnlicher Liebe, in dem Seele und Leib sich so geheimnisvoll vereinen. Sie kosteten ganz die wilde Wut der Begierde, das Zittern des Genusses und die zärtlichen Liebkosungen der erschöpften Wollust. Sie wurde der Puls seines Lebens und er der des ihren. So sehr durchdrang der Geist ihren Körper, dass ihre Formen ein inneres Leben zu haben schienen, dass ihre Küsse wie glühende Ketten ihre Seelen zusammenschmiedeten. Und dann ganz plötzlich brach der Zauber. Das entsetzliche Unglück warf sie auseinander. Ihre verschlungenen Arme lösten sich. Wo wirft sie jetzt ihren Schatten, die geliebte Tote? Die Tote? Nein. Flieht denn die Seele der Fiedel mit dem letzten Tone, wenn eine Saite zerreißt? – Die Stunden vergingen. Er beobachtete durch das Fenster, wie die Nacht hereinbrach, und die Nacht schien Gestalt anzunehmen. Ja, sie war eine stille, verbannte Königin, an deren Gürtelschnalle Venus in blauem Grunde leuchtete.

Das ist Vera, dachte er.

Bei diesem Namen, den er ganz leise sprach, zitterte er, wie jemand, der vom Schlafe erwacht. Dann richtete er sich auf und schaute um sich.

Die Gegenstände des Zimmers wurden jetzt durch ein anderes Licht beleuchtet, dass man bisher nicht bemerken konnte. Es war ein ewiges Lämpchen, dessen Schein die Dunkelheit durchdrang und das die Nacht jetzt wie einen zweiten Stern erscheinen ließ. Es stand vor einem Heiligenbild, einem alten Erbstück aus Veras Familie. Das dreiteilige Bild hing in einem kostbaren Holzrahmen neben dem Spiegel über dem Kamin und ein Strahl des matten Lampenlichtes fiel gerade auf die Perlenkette, die zwischen den anderen Schmucksachen dort lag. Voll beleuchtet aber war das himmelfarbene Gewand der Madonna und das rote byzantinische Kreuz, dessen Linien sich im Lichte verrückten und einen Schatten warfen wie ein Blutstreifen. Seit ihrer Kindheit hatte Vera stets mit einem gewissen Mitleid in ihren großen Augen das mütterliche und reine Antlitz des alten Madonnenbildes betrachtet – –und da ihre Natur dem Bilde nur eine unbestimmte abergläubische Liebe zollen konnte, so bot sie ihm diese – manchmal, wenn sie träumerisch an dem ewigen Lämpchen vorbeiging.

Der Graf, den dieser Anblick in der geheimsten Tiefe der Seele schmerzte, blies schnell das Licht aus, tastete im Dunkeln nach dem Schellenzuge und läutete.

Ein Diener erschien: Es war ein alter Mann in Trauerkleidung, er brachte eine Lampe, die er vor dem Bildnis der Gräfin niedersetzte. Als er sich umwandte, überlief ihn ein Schrecken, als er seinen Herrn lächelnd vor sich stehen sah, als ob gar nichts vorgefallen wäre.

»Raymond«, sagte der Graf ruhig, »die Gräfin und ich sind beide heute Abend sehr müde, du wirst uns um zehn Uhr zum Abendessen decken. Übrigens haben wir uns entschlossen, uns von morgen an mehr zurückzuziehen. Keiner der Diener, außer dir, darf nachtsüber im Hause bleiben. Du wirst allen den Lohn für drei Jahre auszahlen und dann lass sie gehen. Du wirst den Schlagbaum über den Torweg legen. Zünde dann Licht im Speisezimmer an. Du genügst uns vollständig. – Wir wollen in Zukunft niemand mehr empfangen.«

Der Alte zitterte und sah seinen Herrn aufmerksam an.

Der Graf zündete sich eine Zigarre an und ging in den Garten.

Der Diener glaubte zuerst, dass der heftige Schmerz seinem Herrn den Geist verwirrt haben könnte. Er kannte ihn von Kind an und er begriff im Augenblick, dass die Erschütterung eines zu plötzlichen Erwachens diesem Nachtwandler tödlich sein könne. Fürs Erste war es also seine Pflicht, das Geheimnis zu hüten. Er neigte sein Haupt. Sollte er ein Mitschuldiger dieses frommen Traumes werden? Gehorchen? Er sollte fortfahren, sie beide zu bedienen, ohne von ihrem Tode Notiz zu nehmen? Welch seltsame Idee? Würde sie nur eine Nacht dauern? Und morgen? Vielleicht – wer konnte es wissen? Tolle Gedanken, trotzdem! – Aber mit welchem Rechte kümmerte er sich darum?

Er verließ das Zimmer und führte die ihm gegebenen Befehle genau aus; schon an demselben Abend begann das neue Leben. Es handelte sich darum, ein furchtbares Trugbild zu schaffen.

Der Zwang der ersten Tage verwischte sich sehr bald. Raymond, der erst mit großer Bestürzung, dann mit Ehrerbietung und Hingebung alle seltsamen Wünsche seines Herrn erfüllte, ging bald vollständig darin auf. Nach kaum drei Wochen jedoch fühlte er, dass er selbst, wenigstens Minuten lang, ein Opfer seines guten Willens wurde. Er sann nicht mehr darüber nach. Manchmal war er wie in einem Taumel und musste sich selbst laut sagen, dass die Gräfin tatsächlich gestorben sei. Er widmete sich ganz diesem Schattenspiel und vergaß darüber die Wirklichkeit. Bald bedurfte es ernsten Nachdenkens für ihn, um sich zu sammeln und die Tatsachen zu begreifen. Er sah wohl ein, dass er selbst allgemach ein Opfer dieser schrecklichen Vorstellungen wurde, mit denen der Graf nach und nach die ganze Luft erfüllte. Er empfand Furcht, aber eine unbestimmte, wohltuende Furcht.

Athol lebte so, als ob er wirklich von dem Tode der Geliebten nichts wisse. Die Gestalt der jungen Frau erfüllte ihn so vollständig, dass er sie stets gegenwärtig glaubte. Bald, wenn er an sonnigen Tagen auf einer Bank im Garten saß, las er ihr die Gedichte vor, die sie liebte; bald plauderte er, wenn er abends am Kamin saß, mit dem Scheinbilde, das dort im Sessel ruhte neben dem kleinen Tischchen, auf dem zwei Tassen Tee standen.

Tage, Nächte und Wochen gingen dahin. Weder der eine noch der andere merkte, wie die Zeit entschwand. Seltsame Ereignisse erlebten sie, bei denen es schwer war, den Punkt zu finden, wo die Wirklichkeit aufhörte und die Täuschung begann. Etwas war da in der Luft, eine Form, die sich Mühe gab, zu erscheinen, sich zusammenzuziehen und greifbar zu werden.

Athol führte ein Doppelleben wie ein Hellseher. Wenn er die Augen halb schloss, sah er plötzlich ein bleiches zartes Antlitz ganz nahe dem seinen; dann plötzlich ertönte leise ein schwach auf dem Klavier angeschlagener Akkord und wieder, gerade wenn er etwas sagen wollte, wurde sein Mund durch einen Kuss verschlossen, oder aber es tauchten die Gedanken seiner Frau in ihm auf wie eine Antwort auf das, was er gesagt hatte. Er selbst schien ein anderes Wesen von sich abzulösen, so sehr, dass er fühlte, wie ihn in leichtem Nebel der wunderbar süße Duft der Geliebten umgab, dass er des Nachts zwischen Wachen und Schlummer leise ihre Stimme vernahm. – Alles gab ihm Nachricht von ihr, von einer Verneinung des Todes durch wunderbare Kräfte.

Einmal sah und fühlte Athol sie so nahe bei sich, dass er sie in seine Arme schloß, aber diese Bewegung verscheuchte sie.

»Kind!«, murmelte er lächelnd. Und er schlief wieder ein wie ein Geliebter, der von seiner scherzenden Herrin geneckt wird. Am Tage ihres Geburtstages fügte er wie im

Scherz eine Immortelle in den Strauß, den er auf das Kopfkissen Veras legte.

– »Weil sie sich einbildet, tot zu sein!«, sagte er. Dank des ernsten und allmächtigen Willens Athols, der kraft seiner Liebe das Leben und die Gegenwart seines jungen Weibes in das einsame Haus zurückbannte, erhielt sein Dasein eine geheimnisvolle überzeugende Kraft. Selbst Raymond ängstigte sich nicht mehr, er gewöhnte sich allmählich an diese seltsamen Eindrücke.

Ein schwarzes Sammetkleid, das plötzlich bei einer Wendung der Allee auftauchte, eine lachende Stimme, die ihn in das Wohnzimmer rief, der Klang der Schelle morgens bei seinem Erwachen gerade wie früher – das alles war ihm schon ganz vertraut geworden. Es war beinahe, als ob die Tote absichtlich die Unsichtbare spielte, wie ein Kind. Sie wusste sich so sehr geliebt – da war es ja natürlich.

Ein Jahr ging dahin.

Am Abend des Gedenktages saß der Graf am Feuer in Veras Zimmer und hatte ihr soeben eine florentinische Novelle in Versen vorgelesen: *Kallimache*. Er schloß das Buch, dann schenkte er den Tee ein:

»Duschka«, sagte er, »erinnerst du dich des Rosentals an den Ufern der Lahn und des Schlosses mit den vier Türmen? Erinnert diese Geschichte nicht daran?«

Er stand auf, warf einen Blick auf den Spiegel und bemerkte, dass er bleicher war wie sonst. Er nahm ein Perlenarmband aus der Schale und betrachtete die Perlen aufmerksam. Hatte Vera es nicht soeben abgelegt, ehe sie sich auskleidete? Die Perlen erschienen warm von der Wärme ihrer Haut. Und da der herrliche Opal in dem sibirischen Halsbande, der so sehr Veras Busen liebte, dass er verblasst und krank aussah, wenn die junge Frau ihn eine Zeit lang vergaß! Früher liebte sie den Stein um seiner Treue willen. Und jetzt leuchtete der Opal, als wenn sie ihn eben erst abgelegt hätte, als ob der Duft der geliebten Toten ihn noch durchdränge. Als er das Armband und den köstlichen Stein weglegte, berührte der Graf zufällig das Batisttuch: Die Blutstropfen schienen feucht und purpurrot wie Nelken im Schnee! ... Dort am Pianino, wer hatte die Noten umgeblättert? Was war das? Das ewige Lämpchen vor dem Heiligenbilde brannte ja! Seine goldne Flamme erleuchtete geheimnisvoll die gesenkten Augen der Madonna. Wer hatte die frischen exotischen Blumen, die in den alten Meißener Vasen blühten, dorthin gestellt? Das Zimmer schien heiter und voll von Leben, viel bestimmter und ausgesprochener wie gewöhnlich. Aber der Graf wunderte sich über nichts mehr. Das alles schien ihm ganz natürlich zu sein, er bemerkte kaum, dass die Uhr schlug, deren Feder er vor einem Jahre zerbrochen hatte.

Es war an jenem Abend wirklich, als ob die Gräfin Vera jeden Augenblick in dieses Zimmer zurückkehren müsste, das so ganz von ihrem Wesen erfüllt war. War doch so viel von ihr zurückgeblieben. Alles, was ihr Leben ausgemacht hatte, zog sie dahin zurück. Ihr Duft wehte im Zimmer und die lang angespannte Kraft des leidenschaftlichen Willens ihres Gatten musste endlich den Schleier, der sie unsichtbar machte, zerreißen.

Man zwang sie hierher. Alles, was sie liebte, war hier.

Sie musste ja wünschen, sich noch einmal in diesem Spiegel anzulächeln, in dem sie so oft ihr lilienbleiches Antlitz bewundert hatte! Die liebe Tote hatte da unten gewiss gezittert bei ihren Veilchen und den verloschenen Lampen – die süße Tote hatte im Grabe gewiss gelebt, als der silberne Schlüssel auf die Steinplatte niederfiel. Sie wollte ja zu ihm kommen – sie auch. Aber ihr Wille verlor sich in der Asche und der Einsamkeit.

Nur für die ist der Tod eine vollendete Tatsache, die an den Himmel glauben, aber fand sie nicht den Tod, den Himmel und das Leben nur in seiner Umarmung? Und der Kuss, den ihr Gatte in die Luft hauchte, zog er nicht ihre Lippen aus dem Schatten heran? Rief nicht alles sie zurück? Der verklungene Ton ihrer Lieder, die trauten Liebesworte, die Stoffe, die ihren Körper umhüllt und noch seinen Duft bewahrten, diese prächtigen Edelsteine, die sie heraufbeschworen – – vor allem aber sein fester, unerschütterlicher Glaube an ihre Gegenwart, dieser Glaube, den alle Dinge umher mit ihm zu teilen schienen! Das alles rief sie zurück, zog sie schon so lange Zeit unmerklich herbei, dass erwacht vom Todesschlafe nur sie noch fehlte, nur *sie* allein.

Ah! Die Gedanken haben wirklich ein Leben. Der Graf hatte sich die Form seiner Liebsten in die Luft gegraben und es musste sich der leere Raum mit dem Wesen füllen, das sein eigenes Wesen war – sonst wäre die Welt zusammengebrochen! Und nun plötzlich empfand er es, ruhig, sicher, unabweisbar: Sie musste da sein, *hier im Zimmer!*

Er war so fest davon überzeugt wie von seinem eigenen Dasein und alles um ihn war auch von dieser Überzeugung durchdrungen. Man sah es wohl. So musste sie also da sein und so musste der große Traum von Leben und Tod für einen Augenblick seine unendlichen Tore öffnen. Die Kraft seines Glaubens schuf ihr den Weg zur Auferstehung. Ein Helles, fröhliches Lachen klang plötzlich von ihrem Bette; der Graf wandte sich um. Und dort vor seinen Augen, mit leicht aufgestütztem Haupte auf dem Spitzenkissen ruhte die Gräfin Vera, die Schöpfung seiner Erinnerung und seines Willens. Die Hand stützte die schweren schwarzen Haare und ihr halb offener Mund lächelte ihm wollüstig zu. Sie schien gerade vom Schlummer erwacht zu sein.

»Roger!«, sagte sie – ihre Stimme klang wie aus Traumfernen.

Er näherte sich ihr, ihre Lippen vereinigten sich in göttlicher, alles vergessender Wonne.

Und sie entdeckten, dass sie in der Tat nur ein Wesen waren.

In rasender Eile entschwanden die Stunden, in denen zum ersten Mal Himmel und Erde sich vereinten.

Plötzlich sprang Athol auf, von einer unseligen Erinnerung ergriffen.

»Ah, jetzt erinnre ich mich!«, sagte er, »was habe ich denn? – – Du bist ja tot!«

Kaum hatte er dies Wort gesprochen, als die Lampe vor dem Madonnenbild erlosch. Die bleiche Dämmerung eines grauen Regentages drang durch die Falten der Vorhänge.

Die Wachskerzen erbleichten und verloschen und ihre versengten Dochte hauchten einen hässlichen Qualm aus. Das Feuer im Kamin ging aus und fiel in ein Häufchen Asche zusammen. Die Blumen welkten und vertrockneten in wenig Augenblicken. Der Pendel der Uhr blieb plötzlich stehn. Was *war*, entschwand oder aber: Es verlor die Wirklichkeit. Der Opal erstarb, leuchtete nicht mehr. Die Blutstropfen auf dem Batisttuche erschienen vertrocknet. Die Weiße, zärtliche Erscheinung löste sich in seinen verzweifelnden Armen, die sie vergebens zu halten suchten, auf und verschwand in der Luft.

Ein leises Lebewohl, deutlich aber wie aus weiter Ferne, klang ihm bis in die tiefste Seele. Der Graf richtete sich auf, er fand sich allein. Sein Traum entfloh in einem Augenblick, er hatte mit einem Wort die geheimnisvollen Bande zerrissen. Alles umher erschien ihm nun erst verstorben.

Wie jene Glasperlen, die man lose aufeinander häuft und die dann so stark sind, dass man selbst mit einem Hammerschlag auf die Masse nicht eine zertrümmern kann, und die doch zu Staub zerfallen, wenn man sie mit einer Nadel nur ein wenig verletzt, so war auch in ihm plötzlich alles zerfallen. – »Oh!«, murmelte er, »so ist es denn aus! Sie ist verloren, ist allein! – Wie soll ich nun den Weg zu dir finden? Zeige mir den Pfad, der mich zu dir leitet!«

Plötzlich, wie eine Antwort, fiel mit metallischem Klang ein blanker Gegenstand aus dem Bette auf das schwarze Fell am Boden, ein Strahl des grauen hässlichen Tages beleuchtete ihn … Der Verlassene bückte sich, hob ihn auf, und ein verklärtes Lächeln erhellte sein Antlitz, als er das Ding erkannte: Es war der Schlüssel von Veras Grab.

Tse-i-las Abenteuer

Vom Norden Tonkins bis tief in das Innere des Reiches der Mitte erstreckt sich die Provinz Kwang-si. Das Land ist mit Reisfeldern bedeckt und in den Städten mit den aufgestülpten Dächern herrschen noch halbtatarische Sitten.

In diesen Gegenden ist es der heitern Lehre Lao-Tseus noch nicht gelungen, den Glauben an die Poussahs, die Schutzgeister des chinesischen Volkes, zu verdrängen. Dank des Fanatismus der Bonzen hat sich dieser Glaube hier fester erhalten als selbst in den entlegensten Gebieten des großen Reiches. Er weicht insofern von dem Glauben der Mandschu ab, als er eine persönliche Teilnahme der Götter an den Angelegenheiten der Menschen anerkennt.

Der vorletzte Vizekönig dieses ungeheuren kaiserlichen Gebietes, Tse-Tang, stand in dem Rufe, ein sehr kluger, aber auch geiziger und grausamer Despot zu sein. Wir teilen hier das seltsame Geheimnis dieses Fürsten mit, durch das es ihm gelang, unbeirrt von aller Missgunst, ohne Sorge und Gefahr das Ende seiner Tage zu erreichen, obwohl er von dem Volke gehasst wurde und viele nach seinem Leben trachteten.

Es war an einem Sommertage, ungefähr zehn Jahre vor dem Tode Tse-Tangs. Die Mittagssonne war so glühend heiß, dass sie die Teiche austrocknete, das Laub welken machte und die Staubwolken, die ein heißer Wind aufwirbelte, rötlich färbte. Sie warf ihre heißen Strahlen auf die terrassenförmig aufgebauten Kioske des Häusergewirres, das sich Nan-Tsang nennt. Tse-Tang befand sich in dem kühlsten Saale seines Palastes. Er ruhte auf einem schwarzseidenen Polster, das mit Perlmutterblumen und goldenen Winden bestickt war. Er stützte das Haupt auf die Hand, das Szepter lag auf seinen Knien. Hinter ihm stand die Kolossalstatue Fos, des unaussprechlichen Gottes. Auf den Stufen seines Thrones standen seine Leibwachen in schwarzen Lederkleidern, mit Pfeil und Bogen und scharfen Äxten bewaffnet. Zu seiner Rechten stand sein Lieblingshenker und fächelte ihn.

Die Blicke Tse-Tangs irrten über die Mandarinen, die Prinzen seines Hauses und die Würdenträger seines Hofes. Der König wusste, dass er gehasst wurde; er glaubte sich von Mördern umgeben und betrachtete misstrauisch die verschiedenen Gruppen, die miteinander plauderten. Er wusste nicht, wem er trauen könne; er wunderte sich eigentlich nur darüber, dass er noch am Leben war. Schweigend und mit düsterer Miene träumte er vor sich hin.

Ein Vorhang wurde zurückgezogen und ein Offizier trat ein, der einen unbekannten jungen Mann am Zopfe hereinführte. Der Jüngling hatte ungewöhnlich helle, klare Augen und ein schönes Gesicht. Er trug ein Gewand von roter Seide und einen silbergestickten Gürtel. Er verneigte sich tief vor Tse-Tang.

Auf einen Wink des Königs sagte der Offizier: »Sohn des Himmels! Dieser junge Mann erklärt, ein gemeiner Bürger der Stadt zu sein und Tse-i-la zu heißen. Er behauptet, dass die unsterblichen Poussahs ihn mit einer geheimen Mission an dich gesandt hätten, und will dir den Beweis davon liefern oder den ›langsamen Martertod‹ sterben.«

»Sprich!«, sagte Tse-Tang.

Tse-i-la richtete sich hoch auf. »Herr«, sagte er mit ruhiger Stimme, »ich weiß, was mich erwartet, wenn ich mein Wort nicht halte. In dieser Nacht haben die Poussahs sich mir in einem schrecklichen Traume offenbart, sie haben mir ein inhaltsschweres Geheimnis anvertraut. Wenn du dich herablassen willst, mir zuzuhören, so wirst du erkennen, dass es nicht irdischer Herkunft ist, denn es wird einen vollständig neuen Sinn in dir erwecken. Sein Besitz verleiht dir sofort eine geheimnisvolle Kraft. Wenn du nämlich deine Augen schließest, wirst du in dem Raume, der zwischen deinen Augen und den Lidern liegt, deutlich die Namen derjenigen lesen können, die sich gegen deine Herrschaft auflehnen oder nach deinem Gelde trachten, und zwar in demselben Augenblick, in dem sie den endgültigen Plan dazu fassen. Es wird also in Zukunft ganz unmöglich sein, dich zu überrumpeln oder einen Staatsstreich auszuführen. Dein Alter wird ungetrübt, deine Herrschaft unbestritten sein. Ich, Tse-i-la, schwöre dir hier bei dem großen Fo, dessen Bild seinen Schatten über uns wirft, dass es sich mit der Zauberkraft meines Geheimnisses genau so verhält, wie ich dir sagte!«

Bei dieser verblüffenden Mitteilung lief ein Zittern durch die Versammlung, alles schwieg. Jeder blickte prüfend auf den jungen Unbekannten, der ohne zu beben sich als Träger und Mitwisser eines göttlichen Geheimnisses bekannte. Einige versuchten zu lächeln, wagten jedoch nicht, einander anzusehen, und mancher erblasste bei den Worten Tse-i-las. Tse-Tang bemerkte diese verräterische Verwirrung sehr gut.

Um seine Unruhe zu verbergen, rief der eine der Prinzen: »Wir haben es hier mit einem Unsinnigen zu tun, der von Opium berauscht ist!«

Die Mandarinen schöpften Mut, sie meinten:

»Die Poussahs offenbaren sich nur sehr alten Bonzen, die als Einsiedler in der Wüste leben.«

Einer der Minister aber erklärte: »Uns kommt es zu, hier zu entscheiden, ob das sogenannte Geheimnis dieses Jünglings es wert ist, der hohen Weisheit des Fürsten unterbreitet zu werden.«

Worauf die Offiziere zornig riefen:

»Vielleicht ist er selbst einer derjenigen, deren Dolch nur auf einen unbewachten Augenblick wartet, um die Brust des Herrn zu treffen. Man soll ihn verhaften!«

Tse-Tang streckte sein Szepter schützend über den Jüngling und sagte ruhig: »Fahre fort!«

Tse-i-la fächelte sich mit einem kleinen Fächer aus Ebenholz, dann sagte er: »Wenn es möglich wäre, Tse-i-la selbst durch die schrecklichsten Folterqualen dazu zu zwingen, sein Geheimnis jemand anderem als dem Könige zu verraten, dann bin ich sicher, dass die Poussahs, die uns hier unsichtbar umgeben, ihn nicht zum Träger ihrer Botschaft gewählt hätten. Nein, ihr Fürsten, ich habe keinen Opiumrausch, ich bin nicht von Sinnen und ich trage keine heimlichen Waffen. Aber vernehmt, was ich sage! Wenn ich für den Fall, dass mein Geheimnis zu leicht erfunden würde, mich bereit erklären will, den langsamen Martertod zu sterben, so fordere ich dagegen, wenn es sich wirklich so verhält, wie ich euch sage, eine Belohnung, die meiner würdig ist. Du allein, oh König, sollst nach Recht und Billigkeit entscheiden, ob ich den Preis verdiene, den ich von dir fordere. Wenn du, und zwar in demselben Augenblicke, wo ich zu dir gesprochen, in deinen geschlossenen Augen die verheißene Kraft verspürst, wenn das Wunder sich also an dir erfüllt, dann wirst du mir, den die Götter dadurch, dass sie mich mit ihrer Weisheit erfüllt haben, dir ebenbürtig gemacht haben, deine Tochter Li-Tien-Se zum Weibe geben, wirst mir die Würde eines Mandarinen verleihen und noch dazu 50.000 Goldstücke auszahlen lassen!«

Als er das Wort »Goldstücke« sagte, stieg eine verräterische Röte in Tse-i-las Wangen, die er jedoch geschickt durch das Spiel seines Fächers zu verbergen wusste. Die ungeheure Belohnung, die er forderte, verursachte ein Lächeln bei den Höflingen und ärgerte besonders den König, dessen Geiz und Hochmut sie verletzte. Ein grausames Lächeln spielte um seine Lippen, als er den Jüngling ansah, der ruhig und unbeirrt fortfuhr:

»Ich erwarte dein königliches Versprechen, Herr! Schwöre bei Fo, dem unaussprechlichen Gott, der den Meineid rächt, dass du, je nachdem du mein Geheimnis kostbar oder wertlos befunden, mir die geforderte Belohnung gewähren oder mich sterben lassen wirst, auf welche Art es dir gefällt.«

Tse-Tang erhob sich:

»Ich schwöre es!«, sagte er. »Nun folge mir.«

Einige Augenblicke später befanden sich der König Tse-Tang und Tse-i-Ia ganz allein in einem der unterirdischen Kerker des Palastes. Der Jüngling war mit festen Banden an eine Säule gefesselt. Eine vom Gewölbe herabhängende Lampe warf ihren Schein auf die jugendliche Gestalt. Der König stand etwa drei Schritte vor ihm; er lehnte sich an die Tür des Gewölbes; seine rechte Hand stützte sich auf die Stirn eines bronzenen Drachen, dessen einziges Auge Tse-i-la anzusehen schien. Der Schein der Lampe fiel hell auf Tse-Tangs grünes Gewand und ließ die Edelsteine funkeln, mit denen sein Halsband geschmückt war.

Hier, tief unter der Erde konnte niemand sie belauschen.

»Ich höre zu!«, sagte Tse-Tang. »Herr«, begann Tse-i-Ia, »ich bin ein Schüler des wunderbaren Dichters Li-Tai-Pe. Die Götter haben mir Talent verliehen, wie sie dir die höchste Macht geschenkt haben. Sie haben zu ihrer Gabe noch die Armut hinzugefügt, damit ich meine Gedanken gebrauchen lernte. Ich dankte ihnen täglich für so viel Gunst und friedlich und wunschlos lebte ich dahin. Da sah ich eines Abends auf der erhöhten Terrasse deines Palastes über deinen Gärten Li-Tien-Se, deine schöne Tochter. Der Mond beleuchtete sie und zu ihren Füßen dufteten die bunten Blüten der Bäume, die der leise Nachtwind ihr zuführte. Von diesem Abend an hat mein Pinsel aufgehört, Buchstaben zu malen und ich fühlte in mir, dass auch sie von dem Feuer ergriffen war, das in meiner Brust glühte. – Aber das nutzlose Sehnen und Schmachten verzehrte mich; lieber wollte ich den schmerzlichsten Tod erleiden! So beschloss ich, durch eine kühne Tat, durch eine fast göttliche List mich dir und deiner Tochter ebenbürtig zu machen.«

Tse-Tang drückte mit einer ungeduldigen Bewegung auf das Auge des Drachen. Die beiden Flügel einer Tür öffneten sich geräuschlos vor Tse-i-la und ließen ihn in einen zweiten vor ihm liegenden Kerker sehen.

Drei Männer in Lederkleidern waren dort an einer Kohlenpfanne beschäftigt, Marterinstrumente glühend zu machen. Vom Gewölbe fiel eine sehr dicke seidene Schnur herab, die sich unten in seine Flechten auflöste, und unter derselben bemerkte man einen feinen Drahtkäfig, der eine kleine runde Öffnung hatte.

Das, was Tse-i-la da sah, waren die Vorbereitungen zu dem langsamen Foltertod. Nachdem der Verurteilte von den Henkern in grausamster Weise mit glühenden Zangen gekniffen und gemartert worden, wurde die seidene Schnur um die rechte Hand geschlungen und das Opfer daran in die Höhe gezogen. Darauf wurde der Daumen der linken Hand an den großen Zeh des rechten Fußes gefesselt, der Drahtkäfig über den Kopf gestülpt und eng um den Hals befestigt, nachdem man zwei ausgehungerte Ratten hineingesetzt hatte. Die Henker schaukelten das unglückselige Opfer noch einige Male hin und her und ließen es dann allein in der Dunkelheit, um erst nach zwei Tagen wieder nach ihm zu sehen.

Bei diesem Anblick, der auch den kaltblütigsten mit Grausen erfüllt hätte, sagte der junge Dichter ganz ruhig:

»Du vergisst, dass außer dir niemand hören darf, was ich dir zu sagen habe.«

Die Flügeltüren schlossen sich wieder.

»Nun heraus mit deinem Geheimnis«, brummte Tse-Tang.

»Mein Geheimnis, Tyrann! Das ist, dass mein Tod unfehlbar noch heute Abend auch deinen Tod herbeiziehen wird", sagte Tse-i-la mit leuchtenden Augen. »Mein Tod? Verstehst du es nicht, dass alle, die da oben zitternd deiner Rückkehr harren, darauf hoffen? Würde nicht mein Tod das Zugeständnis der Wertlosigkeit meines Versprechens sein? Welche Freude, über deine betrogene Leichtgläubigkeit zu spotten! Mein Tod ist das Signal zu deinem Verderben! Wütend über die ausgestandene Angst und nun erst recht angespornt zu ihrem geheimen Wunsch, würde ihr Hass, wenn deine Hoffnung so getäuscht worden, sogleich zum Ausbruche kommen! Rufe deine Henker herbei: Ich werde gerächt werden! Denn das sage ich dir, von dem Augenblicke an, wo du mich sterben lässt, wirst du dein eigenes Leben nur noch nach Stunden zählen. Und wie das so der Brauch ist, deine Kinder gehen mit dir unter, selbst Li-Tien-Se, deine holde Tochter, wird von den Mördern hingeschlachtet werden!«

»Ja, wenn du wirklich ein weiser Fürst wärest! Nehmen wir einmal an, du würdest mit strahlend heiterem Gesicht, die Hand auf meine Schulter gestützt und von deinen Leibwachen umgeben, in den Thronsaal zurückkehren. Du würdest mich mit fürstlichen Gewändern bekleiden und dann Li-Tien-Se, deine Tochter, das Licht meines Lebens, zu dir bescheiden lassen! Und nachdem du uns miteinander vermählt, würdest du deinem Schatzmeister befehlen, mir 50.000 Goldstücke auszuzahlen! Ich schwöre dir, dass bei einem solchen Anblicke deine Höflinge, deren Dolch jetzt im Dunkeln gegen dich gezückt ist, zitternd zu Boden fallen und es niemals wieder wagen würden, auch nur einen feindlichen Gedanken gegen dich zu hegen. – Denke also nach! Man weiß wie klug und umsichtig du im Staatsrate bist. Man wird es für unmöglich halten, dass ein eitles Hirngespinst in wenig Augenblicken den bisher so sorgenvollen Ausdruck deines Gesichtes in eine heilige, siegreiche Ruhe verwandeln könnte. – Man weiß, du bist grausam, – – – und du lässt mich leben; du bist hinterlistig – und du hältst mir deinen Eid; du bist geizig – und du gibst mir soviel Gold! Man weiß, dass du mit Recht stolz auf deine Tochter bist – und du gibst sie mir, dem Unbekannten, zum Weibe, nur um einer Mitteilung willen!! Welcher Zweifel könnte da noch bestehen? Das ist der einzige wirkliche

Wert des Geheimnisses, dass deine Umgebung fest davon überzeugt ist, dass du es kennst! Es handelt sich wirklich nur darum, diese Überzeugung zu schaffen! Und das habe ich getan! Sieh, ich habe die hohe Goldsumme, so wie die Würde, die ich verachte, nur deshalb gefordert, um durch die Größe des Preises die furchtbare Wichtigkeit meines Geheimnisses zu zeigen.«

»König Tse-Tang! Ich, der arme Tse-i-la, der durch deinen Befehl an diese Säule gefesselt ist und einem schrecklichen Tode entgegensieht, ich singe das Lob meines herrlichen Meisters Li-Tai-Te, der mich mit Lichtgedanken erfüllt hat! Ich erkläre dir, wie du handeln musst, wenn du weise handeln willst. Kehre mit erhobener Stirn und mit strahlendem Antlitz auf meinen Arm gelehnt, zu deinem Hofe zurück. Bekenne laut, dass dir eine göttliche Gnade widerfahren ist und dass du darum auch Gnade üben und für diesmal deinen Widersachern vergeben willst. Aber warne sie, sage ihnen, dass du in Zukunft ohne Gnade und Barmherzigkeit die Schuldigen treffen wirst! – Befiehl, dass deinem Volke Feste veranstaltet werden, und bestelle Dankesopfer zu Ehren Fos, des großen Gottes, der mir diese göttliche List eingegeben hat. Ich aber werde morgen verschwinden. Dank deinem Golde werde ich mich mit der Auserkorenen meines Herzens an irgendeinem entfernten Orte niederlassen. Von der Würde eines Mandarinen, die deine Großmut mir verleihen wird, werde ich niemals Gebrauch machen. Ich verzichte gern darauf, einer deiner Würdenträger zu sein, denn es ist mein einziger Ehrgeiz, ein Fürst im Reiche der Gedanken zu sein. Du weißt es nun, dass Gott mir ein ebenso tapferes Herz und ebenso viel Klugheit gegeben, wie den Edelsten deiner Umgebung. Und deshalb kann ich so gut wie einer deiner Großen mein Auge auf eine Königstochter werfen. Du aber wirst unter dem Schutze dieses Geheimnisses herrschen, und wenn du gerecht und weise sein wirst, so wird es dir leicht sein, den Hass, mit dem man dich bis jetzt verfolgt, in Liebe zu verwandeln und deinen Thron neu zu befestigen! Dies ist mein Geheimnis, oh König, ich kann dir kein anderes mitteilen. Erwäge nun selbst, wähle, entscheide! Ich bin zu Ende!«

Tse-i-la schwieg.

Unbeweglich stand Tse-Tang und schien in Nachdenken verloren.

Dann näherte er sich dem jungen Manne, legte die Hand auf seine Schulter und sah ihm, ein Raub unbeschreiblicher Gefühle, lang und fest in das Auge.

Endlich zog er sein Schwert, zerschnitt die Banden Tse-i-las, warf ihm seine reich mit Edelsteinen geschmückte Halskette um den Hals und sagte: »Komm' mit!«

Und sich auf den Arm des Jünglings stützend, stieg er langsam die Stufen des Kerkers hinauf.

Tse-i-la, den der Triumph seiner List und sein plötzliches Glück ein wenig verwirrte, betrachtete das Geschenk des Königs.

»Was, auch noch diese Steine«, murmelte er, »warum denn hat man dich verleumdet und gesagt, dass du geizig bist? Das ist mehr, als du mir versprochen! Was will der König mit diesem Halsbande bezahlen?« –

»Deine Beleidigungen!«, antwortete verächtlich Tse-Tang, indem er die Tür zum Lichte des Tages öffnete.

Das Ringspiel

Die Goldfackeln der Abendsonne warfen – wie Herbstrosen – mitten durch mattviolette Flockenwölkchen glitzernde Edelsteine auf die Blätter einiger alter Bäume, die, noch feucht vom Gewittersturm, den Rasenplatz umkränzten. Der Garten lag zwischen den efeubewachsenen Mauern zweier Häuser in diesem stillen Stadtteile von Paris; ein Gitter mit vergoldeten Spitzen trennte ihn von der Straße. Die wenigen Leute, die dort vorbeikamen, konnten am Ende des Gartens das Wohnhaus sehen mit seiner hübschen Fassade und der unter der Markise im Halbschatten liegenden Freitreppe.

Da, auf dem Rasen, einsam im Abendleuchten, warfen drei blonde Kinder ihre Reifen – vierzehn, zwölf und zehn Jahre – oh Blütenunschuld! – Eulalie, Bertrande und Cäcilie Rousselin, ein wenig drollig in ihren schwarzen Kleidchen. Lachend vor Lust – – und in tiefer Trauer – – das ist ihr Alter! – werfen sie sich mit den leichten Mahagonistäben die roten, goldumwundenen Ringe zu.

Ja, die schöne Frau Rousselin hatte ihren verstorbenen Gatten geliebt – der übrigens im Handel mit Kunstbronzen ein hübsches Vermögen erworben hatte – und die zärtliche und verführerische Hausfrau, diese Perle eines guten Bürgers, hatte sich nun hierhin mit ihren Töchterchen seit den zehneinhalb Monaten ihrer Witwenschaft, die ihr eine Ewigkeit dünkten, zurückgezogen.

In der Tat, nie war ihr Mann ihr so »ernsthaft« vorgekommen, seitdem er nun tot war. Das hatte ihn in den tränenden Augen der schönen Witwe verklärt. So fand sie in ihrer traurigen Zärtlichkeit ein Vergnügen daran, alle vierzehn Tage mit ihren drei kleinen Mädchen zum Kirchhof zu gehen, um an den weißen Mauern, die sie vorsorglich von oben bis unten mit Nägeln hatte versehen lassen, große Kränze aufzuhängen. Auf diesen Kränzen las man in Perlenbuchstaben »Meinem lieben Väterchen« oder »Meinem teuersten Gatten«. Manchmal, bei besondern Gelegenheiten, ging sie allein zum Friedhof und hing dann mit schwermütigem, unbeschreiblichem Lächeln einen andern Kranz auf, der die Worte trug: »Denke daran!« Ja, selbst gegenüber Verstorbenen haben die Frauen noch Zärtlichkeiten, die die rohere Fantasie des Mannes nie verstehen kann, – für die aber die Toten gewiss nicht unempfindlich sind.

Trotzdem hatte die schöne Frau Rousselin, als tüchtige Hausfrau, bei der das Gefühl nicht die Berechnung ausschloss, schon nach den ersten drei Monaten herausbekommen, wie teuer sie diese Kränze kamen, die sie einzeln kaufte, und wie schnell sie verwelkten. Als sie daher in der Zeitung eine Annonce las, die künstliche Totenkränze anpries – hochmodern! Galvanisierte! Unzerstörbar! – da hatte sie sich gleich ein paar Dutzend davon gekauft, die sie kühl im Keller aufbewahrte und von denen sie alle vierzehn Tage einige dem teueren Verstorbenen brachte.

Die drei Kinder, deren goldene Locken auf den schwarzen Blusen hin und her hüpften, hörten plötzlich auf zu spielen, denn in der offenen Tür erschien ihre schöne, ernste Mama, ganz in schwarz und bleich in ihrer Verlassenheit. Sie hielt drei von den neuen Kränzen in der Hand, die sie, wie um den feierlichen Eindruck ihrer Worte noch zu erhöhen, auf den Gartentisch legte.

»Nun sammelt euch ein wenig, Fräuleinchen! Ihr habt genug gespielt: Vergesst ihr denn, dass wir morgen gehen werden zu dem, der nicht mehr ist?«

Gewiss, dass man ihr aufs Wort gehorchen würde, trat die schöne Frau Rousselin wieder ins Haus, jedenfalls um in der Einsamkeit ihres Zimmers noch mehr ihren stillen Träumen nachgehen zu können.

Eulalie, Bertrande und Cäcilie Rousselin, deren fröhliches Gelächter eben noch wie Vogelgezwitscher zum

Himmel geflogen war, traten still und nachdenklich an den Tisch heran.

»Ja, es ist wahr – armer Papa!« sprach leise und träumerisch Eulalie, die hübsche Älteste. Sie nahm einen Kranz und las zerstreut: »Meinem heiß geliebten Gatten«.

»Wir hatten ihn so lieb!«, seufzte Bertrande, die mit den Blauaugen, in denen Tränen glänzten. Und achtsam nahm sie einen zweiten Kranz und blickte auf die Inschrift: »Meinem teuren Väterchen!«

»Aber gewiss! Sehr lieb!«, rief Cäcilie, die Jüngste, und noch glühend vom Spiel nahm sie den dritten Kranz – »Gedenke mein!« – und warf ihn, wie um ihre Worte zu bekräftigen, hoch in die Luft.

Glücklicherweise fing ihn die Älteste, die noch ihren Stab in der Hand hielt, wieder auf. Der Kranz drehte sich um den Stab, flog – dank einer unwillkürlichen Bewegung Eulaliens – wieder in die Höhe und wurde nun von Bertrande aufgefangen. Wieder flog er auf – gedenke mein! – und kreuzte sich in der Luft mit dem »Meinem teuren Väterchen« und dem »Meinem heiß geliebten Gatten«, die Cäcilie, gegen ihren Willen, auch in die Luft hatte werfen müssen. Und so kam's, dass einen Augenblick später die drei unschuldigen Kinder wieder auf dem Rasenplatz waren und sich statt der Reifen die Kränze zuwarfen – träumerisch, in den letzten Strahlen der Abendsonne.

Die Ungeduld der Menge

Das große Tor in der Stadtmauer Spartas, dessen erzene Türflügel wie der Brustschild eines Kriegers anzuschauen waren, öffnete sich nach dem Taygetus zu. Der staubige Abhang des Berges wurde von den kalten Strahlen der untergehenden Sonne eines frischen Wintertages beleuchtet. Von den Wällen der Stadt sah man auf den rauen Abhang des Berges, auf dem an diesem Abende eine Hekatombe geopfert worden war. Eine Menge Menschen standen an der Mauer. Das Eisen ihrer Schwerter, ihre Peplen und die Spitzen ihrer Lanzen funkelten in der Abendsonne. Aber das Volk schien ernst und düster gestimmt. Aller Augen waren auf die Spitze des Berges gerichtet, von wo man eine Botschaft zu erwarten schien.

Vor zwei Tagen waren die Dreihundert mit dem Könige ausgezogen. Wie zu einem Feste geschmückt und mit Blumen bekränzt zum Kampfe für das Vaterland. Die Männer, die der Abend schon im Hades finden konnte, hatten im Tempel der Diana ihr Haar gestrählt und mit Blumen geschmückt. Dann hatten die jungen Helden mit ihren Schwertern an den Schild geschlagen und waren unter den Beifallsrufen der Frauen, fröhliche Lieder singend, beim ersten Strahl der Morgenröte aus Sparta hinausgezogen. Die Kräuter und Pflanzen, womit der Engpass von Thermopylae bewachsen war, streiften zärtlich ihre nackten Beine, als ob die Heimaterde ihre tapferen Söhne, die ihr Leben für sie einsetzten, noch einmal liebkosen wollte, ehe sie dieselben für immer in ihren Mutterschoß aufnahm.

Am Morgen glaubte man in Sparta im Wind verlorene Klänge, fernes Waffengeklirr und Kriegslieder zu hören. Dann hatten Hirten Kunde gebracht. Zweimal waren die Perser zurückgeworfen worden und hatten nach einer ungeheuren Niederlage 10.000 Tote unbeerdigt zurücklassen müssen. Lokris hatte diese Siege gesehen. Ganz Thessalien stand auf. Theben sogar war diesem Beispiele gefolgt. Athen hatte seine Scharen unter des Miltiades Oberbefehl geschickt. 7000 Krieger sollten die Streitkräfte Spartas verstärken.

Doch plötzlich drang in die Siegeslieder und Gebete, die im Tempel der Diana erschallten, ein jäher Misston. Es kamen Boten, die den Ephoren etwas mitteilten, worauf diese einander sehr bestürzt ansahen. Darauf wurde der Senat berufen, der sofort den Befehl zur Verteidigung der Stadt gab. Man hatte gleich angefangen in aller Eile Gräben aufzuwerfen, denn sonst bestand des stolzen Sparta Schutz nur in seinen Bürgern.

Ein Schatten hatte alle Freude zerstört. Man glaubte den früheren Worten der Hirten nicht mehr, alle guten Nachrichten schienen vergessen. Als die Priester und Zeichendeuter die Eingeweide der Opfertiere untersucht hatten, zitterten sie und opferten dann über den aus den Dreifüßen auflodernden Flammen mit erhobenen Armen den Göttern der Unterwelt, deren Gnade sie anriefen.

Man raunte einander neue Mitteilungen zu. Dann befahl man den Jungfrauen den Tempel zu verlassen, denn man hatte den Namen eines Verräters ausgesprochen. Ihre langen Gewänder streiften die trunkenen Heloten, die auf den Stufen des Tempels umherlagen, als sie achtlos über sie hinwegschritten.

Endlich kam die genaue verzweifelte Nachricht. Ein unbesetzter Durchgang im Gebirge war von dem Feinde entdeckt worden. Ein Hirt aus Messenien hatte Hellas verraten: Ephialtes hatte die heilige Erde seines Vaterlandes dem Xerxes preisgegeben. Die von ihrem goldstrotzenden Satrapen geführte persische Reiterei brach in das geheiligte Land ein und verwüstete es unter den Huftritten ihrer Pferde. Fahrt hin, ihr Tempel und geheiligten Stätten, wo die Vorväter gewohnt! Sie, die verweichlichten, gelben Perser würden Lakedämonien in Ketten werfen und ihre Sklavinnen unter Spartas Töchtern wählen.

Die Bürger begaben sich auf die Mauern und Wälle der Stadt, ihre Bestürzung wuchs, als sie von dort nach den Bergen spähten. Der Wind fuhr heulend durch die felsigen Abhänge, sodass die Fichtenstämme sich bogen und krachten und ihre nackten schwarzen Zweige zerbrachen. Gorgo raste durch die Luft, düstere Wolken schienen ihr Antlitz wie mit einem Schleier zu verhüllen. Das Volk drängte sich zu den Schießscharten und sah erschreckt nach dem drohenden Himmel. Indes wagte keiner in der Menge ein lautes Wort zu sprechen, weil die Jungfrauen zugegen waren. Man durfte dieselben auf keinen Fall aufregen und beunruhigen oder gar Misstrauen gegen einen Mann von Hellas in ihnen erwecken. Man gedachte ihrer zukünftigen Kinder.

Die Ungeduld, die getäuschte Erwartung, die Ungewissheit dessen, was die nächsten Stunden bringen würden, lagen mit bleierner Schwere auf dem Volke. Jeder malte sich die drohende Gefahr in den dunkelsten Farben, die Wahrscheinlichkeit des vollkommenen Unterganges Spartas schien allen gewiss.

Gewiss, die Vorhut des persischen Heeres musste bald kommen. Einige glaubten schon, am fernen Horizont die Reiterei und die Wagen des Xerxes zu erkennen. Die lauschenden Priester meinten, dass von Norden Waffenlärm hertöne, obwohl jetzt ein Südwind ihre Mäntel wehen machte.

Die Wurfmaschinen wurden herbeigeholt und aufgestellt, Bündel von Pfeilen daran befestigt. Die jungen Mädchen stellten Kohlenbecken auf den Wällen auf, um Pech darauf glühend zu machen. Selbst die Veteranen hatten sich bewaffnet und mit gekreuzten Armen überschlugen sie die Zahl derer, die man zum Hades befördern könne, ehe man selbst ihnen folge!

Man verrammelte die kleinen Zugänge und Türen der Stadtmauer, denn Sparta würde sich niemals ergeben. Man berechnete, wie lange man mit den Lebensmitteln reichen könne, man beschloss für die Frauen den Selbstmord, wenn alles verloren sei.

Da man die Nacht auf den Wällen und Mauern zubringen wollte, um nicht von den Persern überrascht zu werden, so ließ Nogakles, der Stadtkoch, die gemeinsame Abendmahlzeit auf dem Wall zubereiten. Er stand vor einem mächtigen Bottich und war mit seinem schweren steinernen Stößer eifrig beschäftigt, das Korn in gesalzener Milch zu zerstampfen, aber auch er schien zerstreut und sah sorgenvoll nach den Bergen.

Man wartete. Schon flüsterte man einander allerlei Vermutungen und Gerüchte über die thessalischen Kämpfe zu. Die Verzweiflung eines Volkes erregt immer die Lust zu übler Nachrede und Verleumdung und der Bruderstamm des Volkes, das später einen Aristides, Themistokles und Miltiades verbannen sollte, ertrug den auf ihm lastenden Druck auch nicht ruhig. Nur die steinalten Frauen schüttelten das Haupt, sie waren ihrer Söhne gewiss und betrachteten sie mit der milden Ruhe der Wölfin, die ihre Jungen selbst gesäugt hat.

Da verdunkelte sich plötzlich der Himmel. Es war nicht das Dunkel der Nacht: Vom Südwind getragen zog ein ungeheurer Zug schwarzer Raben mit schrecklichem Gekrächze über Sparta hin und verfinsterte die Luft. Sie ließen sich auf den Ästen des Gehölzes am Taygetos nieder, wo sie unbeweglich sitzen blieben. Ihre Schnäbel waren gen Norden gerichtet und ihre Augen leuchteten unheimlich.

Eine Flut von Verwünschungen erhob sich, man versuchte, sie zu verscheuchen. Die Wurfmaschinen wurden mit Kieselsteinen gefüllt, die man gegen die Bäume schleuderte, wo sie mit prasselndem Geräusch niederfielen.

Dann versuchte man, die Unglücksvögel durch Händeklatschen und Lärm zu verjagen. Vergebens. Als wüssten sie, dass bald mancher Held fallen und ihre Beute sein würde, saßen sie wie verzaubert da auf den schwarzen Ästen, die unter ihrer Last krachten.

Als die Mütter dies sahen, seufzten sie tief.

Nun fingen auch die Jungfrauen an, sich zu beunruhigen. Man hatte die heiligen Schwerter, die seit Jahrhunderten im Tempel hingen, unter sie verteilt. »Was sollen die Schwerter?«, fragten sie und ihr unbefangener Blick wanderte staunend von der funkelnden Klinge zu dem, der sie ihnen reichte. Man lächelte ihnen freundlich und achtungsvoll zu, aber man ließ sie in Ungewissheit; man wollte ihnen erst im letzten Augenblicke sagen, dass die Schwerter für sie selbst bestimmt waren.

Plötzlich stießen ein Paar Kinder einen Schrei aus. Ihre scharfen Augen hatten in der Ferne etwas entdeckt. Von der schon in bläulichem Dämmerlichte verschwindenden Spitze des Berges eilte ein Mann, wie in rasender Flucht herab und näherte sich der Stadt.

Aller Blicke richteten sich auf den Ankömmling.

Er nahte gesenkten Hauptes und stützte sich auf einen knorrigen Stab, den er wahrscheinlich unterwegs irgendwo abgerissen hatte.

Da die Sonne ihre letzten Strahlen gerade mitten auf den Berg warf, erkannte man ganz deutlich den großen Mantel, der ihn umhüllte. Der Mann musste wohl unterwegs gefallen sein, denn Mantel wie Stock waren ganz mit Schmutz bedeckt. Ein Soldat konnte es nicht sein – – er hatte keinen Schild! – –

Mit düsterem Schweigen sah man dem Kommenden entgegen.

Woher kam der Flüchtling? – Es war eine böse Vorbedeutung!

Dieser Aufzug war eines Mannes unwürdig, was wollte er? Suchte er Schutz? Wer verfolgte ihn denn? – Der Feind ohne Zweifel! – So war er also schon nahe! Schon!

In diesem Augenblicke, als das Licht der versinkenden Sonnenscheibe ihn von Kopf bis zu den Füßen beleuchtete, erkannte man deutlich sein Schuhzeug.

Das ganze Volk war plötzlich von Wut und Schrecken erfüllt. Man vergaß die Gegenwart der Jungfrauen, die weißer wie Lilien wurden.

Ein Zornesschrei ertönte! Es war ein Spartaner, es war einer der Dreihundert, man erkannte ihn!

Ein spartanischer Soldat, der feige seinen Schild weggeworfen hatte! Er floh! Und die anderen! Hatten die Tapferen auch Fersengeld gegeben? – Die Aufregung und Angst verzerrte die Gesichter. Das Erscheinen dieses Mannes brachte die Gewissheit der Niederlage! Ach, warum weiter noch das große Unglück verhehlen? Sie waren geflohen, alle! Die anderen würden folgen, sie würden gleich kommen, hinter ihnen die persischen Reiter. Der Koch schrie, er sähe sie schon durch die Abenddämmerung herankommen.

Da ertönte ein furchtbarer herzzerreißender Schrei! Ein alter Mann und eine große Frau hatten ihn ausgestoßen. Beide verhüllten trauernd ihr Antlitz nach dem verzweiflungsvollen Ruf: »Mein Sohn!«

Eine wahre Sturmflut von Verwünschungen erhob sich. Man streckte dem Flüchtling die geballten Fäuste entgegen.

»Du irrst dich, dies ist nicht das Schlachtfeld.«

»Lauf nicht so rasch, mäßige deine Eile! Die Perser haben dir Schwert und Schild wohl teuer bezahlt?«

»Ephialtes ist sehr reich!«

»Sieh zur Rechten! Die Gebeine des Pelops, des Herakles und des Pollux liegen da. Du wirst die Geister deiner Väter herauf beschwören, sie werden stolz auf dich sein.«

»Hermes hat dir wohl seine beschwingten Füße geliehen? Du wirst bei den Olympischen Spielen den Preis gewinnen!«

Der Soldat schien von all' dem nichts zu verstehen, unbeirrt setzte er seinen Lauf fort.

Dass er weder antwortete noch stehen blieb, vermehrte den allgemeinen Unmut. Die jungen Mädchen sahen sich betroffen an.

Die Priester riefen: »Elender, du bist mit Kot besudelt, du hast die heilige Mutter Erde nicht geküsst, du hast sie gebissen!«

»Nun ist er vor dem Tore, aber bei den Göttern der Unterwelt, er kommt nicht in die Stadt.«

Tausende von Stimmen riefen: »Zurück, man wird dich in Stücke reißen! – Nein, zurück! Wir wollen uns nicht mit deinem Blute besudeln. Zurück in den Kampf.«

»Fürchte die Schatten der Helden, die dich umgeben.«

»Die Perser werden dir den Kranz und die Leier reichen, geh' und erheit're ihre Feste, elender Sklave!«

Bei diesen Worten sah man die Jungfrauen Spartas die Stirn neigen, sie drückten die Schwerter fest an die Brust, ihre Tränen benetzten die Waffen, die die freien Könige Spartas in alten Zeiten geführt. Sie verstanden jetzt, warum sie ihnen gegeben worden; sie waren bereit, sich für das Vaterland selbst den Tod zu geben. –

Plötzlich drängte eine von ihnen, ein zartes blondes Mädchen, sich bis vorne an den Wall. Man wich achtungsvoll auseinander, um ihr Platz zu machen.

Es war die dem Flüchtling Verlobte, die künftige Gattin.

»Sieh' nicht hin, Simais«, riefen ihre Gefährtinnen ihr zu.

Sie aber ließ ihr ernstes Auge forschend auf dem Manne ruhen, dann bückte sie sich, nahm einen Stein auf und schleuderte ihn auf den Flüchtling.

Der Stein traf den Unglücklichen. Er blickte auf und stand still. Ein heftiges Zittern überfiel ihn, dann senkte er traurig das kaum einen Augenblick erhobene Haupt. Er schien nachzudenken – worüber?

Die Kinder sahen ihn an, die Mütter zeigten mit Fingern auf ihn. Der mächtige, kriegerisch aussehende Koch unterbrach seine Arbeit und verließ seinen Kochtopf. Ein heiliger Zorn machte ihn seine Pflicht vergessen. Er entfernte sich von dem Kessel und drängte sich zu einer Schießscharte in der Mauer. Dann spie er verächtlich auf den Flüchtling und der Wind trug die Zeichen seiner Verachtung auf die Stirn des Elenden.

Allgemeiner Beifall ertönte, man freute sich dieses kräftigen Zornausbruches.

Man war gerächt!

Nachdenklich, müde auf den Stab gelehnt, blickte der Soldat starr auf den offenen Eingang zur Stadt. Aber auf ein Zeichen des Befehlshabers schlossen sich plötzlich die schweren eisernen Torflügel.

Vor der verschlossenen Pforte, die ihn aus Sparta verbannte, fiel der Flüchtling lang ausgestreckt zu Boden.

In dem Augenblick sank die Sonne, rasch brach die Nacht herein. Da stürzten sich die Raben über den Unglücklichen, man klatschte Beifall; aber die schwarzen Flügel der Raubvögel entzogen ihn den Schmähungen der Menschen.

Dann fiel der Tau und netzte den Staub um ihn.

Am anderen Morgen waren nur ein paar zerstreute Knochen von dem Manne übrig geblieben. – –

So starb er! Erfüllt von einem Ehrgefühl und einer Tapferkeit, um die die Götter ihn beneideten, mit geschlossenem Auge, um sich nicht durch den Anblick der rauen Wirklichkeit das schöne Bild zu trüben, das er von dem geliebten Sparta im Herzen trug, wortlos, ohne sich zu verteidigen, fest die Siegespalme an sich drückend und die Heimatserde mit seinem Blute netzend, sank der junge Krieger dahin. Er war der Tapfersten einer gewesen, die den Sieg der Dreihundert errungen. Mit Wunden bedeckt war er dem Befehle seines Führers gehorsam gewesen, hatte Schild und Schwert in den Engpass geworfen und war mit Aufbietung seiner letzten Kraft gerannt, um Sparta den Ruhm seiner Söhne zu verkünden.

So ging der Bote des Leonidas in den Tod.

Die Töchter Miltons

Das junge Mädchen öffnete plötzlich die Augenlider ein wenig, und ohne durch die leiseste Bewegung ihre Stellung zu verändern, blickte sie ernst, mit sanftem, melancholischem Auge vor sich hin und fragte dann mit stockender Stimme:

»Mutter, wenn ein Mann nun wirklich altersschwach geworden, wenn sein Geist ermüdet und er immer in schlechtester Laune ist, wenn sein Zustand ein solcher ist, dass er sich und den Seinigen zur Last fällt, wenn seine kindische Eitelkeit, über deren Anmaßung jeder lächelt, so weit geht, dass er darüber in eine zweite Kindheit gerät – ist es da wirklich Unrecht, den lieben Gott zu bitten, ihm Barmherzigkeit widerfahren zu lassen und ihn so bald wie möglich zu sich in das ewige Leben zu nehmen?«

Die alte Frau antwortete nicht, sie wandte zitternd ihr Haupt ab.

»Mir kommen wirklich solche gefährlichen Gedanken", fuhr Deborah Milton mit sanfter, klarer und müder Stimme fort, »und ich möchte am liebsten von hier weglaufen, – o, nur um bald zu dir zurückzukehren, Mutter, nur um dir zu helfen, um dir Feuer und Brot zu schaffen. Was tut es, welchen Preis ich dafür zahle!«

»Schweige, Gott verbietet es dir. Du sollst dir dein Seelenheil durch den Glauben verdienen und auch die schwerste Prüfung ohne Murren ertragen – das ist alles, was nötig ist.«

»Aber – – ich bin zwanzig Jahre alt, du vergisst dies vielleicht, Mutter.«

»Morgen – einst wirst du so alt sein, wie ich es jetzt bin. Einst – wenn du so lange lebst.«

»Heute Abend ist nicht morgen.«

Schweigen. –

Tiefe Stille. –

»Du bist schön, ich hoffe, du wirst einmal einen jungen Edelmann heiraten, Kind.«

Bei diesen Worten erhob sich Deborah Milton und stand steif aufgerichtet, kalt und ernst da.

»Einen jungen Edelmann? Ach! Ich will nicht in diesen blutroten Mauern lachen! Welcher von ihnen würde je die Tochter des alten brotlosen Reimschmieds zur Frau begehren, der für den Tod seines Königs gestimmt hat? Ich darf nicht einmal auf einen armen Prediger hoffen; die Furcht, den Unwillen des geringsten der Untertanen Karls des Zweiten zu erregen, würde ihn bestimmen, meine Hand zurückzuweisen.«

»Dein Vater hat nach Pflicht und Gewissen gehandelt.«
»Dann sollten so strenge Leute keine Kinder haben.«
»Deborah! ... Du bist grausam gegen ihn und andere.«
»Oh Verzeihung, Mütterchen.«

Sie schlug leicht mit der Hand auf den kahlen Tisch.

»Das kommt, weil es in der Tat schrecklich ist! Immer diese Träume – vom Himmel! – von Engeln, von Dämonen, die den Wolken gleichen. Ihre Sprache, aufgeputzt mit einem Schellengeklingel von tönenden Reimen, täuscht die Wirklichkeit hinweg: Die fließt in nichts zusammen! – Das war der Mühe wert, blind zu werden, nur um in diesem ewigen Dunkel hohle Schatten zu sehen! Der Glauben verleugnet sich in jedem zu ausgeklügelten Satze, der die Aufmerksamkeit auf sich lenkt, indem er den Geist von dem, was er eigentlich meint, abzieht. Man sagt: Ich glaube! – und dann ist's gut. Aber den Himmel und die Hölle malen! Und das irdische Paradies und die Geschichte dieser unglücklichen beiden Wesen, von denen wir alle abstammen! Oh unerträgliches Geklingel leerer Worte, eitle Arbeit! Und wir, meine Schwester und ich, sollen uns fügen; schweigend müssen wir diese unvernünftigen Fantastereien niederschreiben. Warten manchmal stundenlang auf Verse, die man dann oft wieder auszustreichen hat! Und wenn wir über dem Papier einschlafen, hungrig aufwachen und dann immer wieder die Feder ergreifen, immer wieder schwarz auf weiß setzen – damit sollen wir unsere trostlose Jugend verbringen! – – – Und doch gibt es dort in London gute Zufluchtsorte, wohlgedeckte Tische, schöne junge Männer, die uns herzlich willkommen heißen würden.« Sie schwieg.

»Gottlose Gedanken! Bescheide dich!«

»Worte! Du hast Hunger, ich habe Hunger, das ist die Wahrheit!«

»Auch er hungert und beklagt sich nicht, und dabei leidet er noch mehr, da er weiß, dass ihr im Elend seid, deren Ursache er ist.«

»Ach was! Zwei Dinge sind es, die ihn ernähren, der Stolz und der Glauben. Dichter sind Wesen, die ein Spiel zum Lebenszweck machen, trotz ihrer Familie, trotz des Kummers, den ihre Umgebung dadurch erduldet. Nichts erreicht sie. Sie leben nur in ihren Träumen! Oh Eitelkeit! Zu sagen, dass er sich wirklich einbildet, dass dieses verlorene Paradies sein Gedächtnis der Nachwelt erhalten wird. Lächerlich!«

Der Verleger gibt nicht so viel dafür, als das Papier gekostet hat, das er selbst unserm Brote vorzieht! Bald genug werden wir in Lumpen gehen, aber er ist blind und ist auf seine Verse stolz, nicht auf seine Töchter. Und barsch ist er, dass er uns am liebsten prügeln möchte! Nein, es ist zu viel, ich gehorche ihm nicht mehr!«

»Was soll er tun?«

»Aufhören zu sein! Dann könnte man den Namen wechseln, aus dem Lande gehen, leben! Meine Schwester ist hübsch und ich bin schön. Also gut!«

»Und deine Ehre, Kind! Wie kannst du nur so sprechen?«

»Die Ehre der Töchter eines alten Königsmörders? – – Eines Mannes, der Teil daran genommen, denjenigen zu töten, der allein dem Worte »Ehre« Sinn verleiht? Du scherzest wohl, Mutter. Wir haben ein Recht auf Sittsamkeit, das ist alles. Man erbt im Guten wie im Bösen von denjenigen, die uns erzeugt haben. Wir würden Mitleid erregen bei denen, die das Recht haben, darüber zu urteilen, wenn wir auch nur das Wort »unsere Ehre« aussprechen wollten.«

»Du sprichst, wie er sprechen würde, wenn er dächte wie du. Aber er ist einer von den Männern, die für das, was du da sagst, nur ein Lächeln haben!«

»Und dann sind sie eben Lügner, und deshalb würde es mir gar nicht der Mühe wert sein, zu versuchen, sie zu bekehren oder ihren Tadel zu erdulden oder auf ihr Lob stolz zu sein. Man sieht sie an, sie sind Nullen und damit basta!«

»Ich habe daran gedacht, ob wir nicht von Mr. Lindson ein wenig Geld leihen könnten, wenn es auch noch so wenig wäre. Den haben wir noch niemals um etwas gebeten.«

»Ja, ich glaube, dass er uns gern verleugnen möchte und dass er zu feige ist, das ohne irgendeinen Grund zu tun. Er würde uns etwas leihen und sicher sein, dass er es nie wiederbekommt; und dann würde er sich für vollberechtigt halten, nicht mehr zu uns zu kommen. Du hast recht. Willst du, dass ich mit dir oder allein zu ihm gehe? Uns nicht mehr zu kennen – das Recht wird er sich gern erkaufen. Für zwei Taler, denk ich.«

Die Alte sah durch das Fenster.

»Da kommt Mr. Lindson gerade – man könnte ... « »Ich laufe schon.« –

Da trat Emma ein mit einer schweren Last trockenen Holzes auf der Schulter.

Emma Milton lief an den Brotschrank, suchte hinter den irdenen Tellern und schlug die beiden Flügel des Schrankes heftig wieder zu.

»Wie? Gar nichts? ... Wo ist das Brot?«

Schweigen. –

»Deine Schwester ist etwas holen gegangen.«

»Ah – hat der Verleger etwas bezahlt?«

»Nein, sie ist zu Mr. Lindson gegangen, um etwas zu leihen.«

»Ja, aber es ist nicht sicher, dass er es ihr gibt.«

Deborah trat ein: »Zwei Schillinge!«

Die Alte verbarg ihr Gesicht.

Nach einem Augenblick:

»Es ist Gott, der es uns gibt: Lasst uns ihm für seine Barmherzigkeit danken und uns genügen lassen! Er wird uns morgen mehr schicken.«

»Das ist beinahe ein Almosen«, sagte Emma.

»Nein, weniger als das«, meinte Deborah, »ich werde dir's erzählen.«

»Gib nur schon her, ich laufe, etwas zum Essen zu holen.«

Sie geht hinaus.

Milton erschien. Der alte Mann tastete sich mit dem Ende seines Stockes an den Mauern entlang. Sein Antlitz trug ernste Züge, es war von Kummer bleich; seine mächtige Stirn wurde von drei langen und tiefen Runzeln durchschnitten. Seine Augen blickten starr und leblos. Der Ausdruck seines Antlitzes war seltsam vornehm, sein weißes, in der Mitte gescheiteltes Haar fiel in langen Locken herab. Er trug einen alten kastanienfarbigen Sammetrock, Hosen von demselben Stoffe, sein schmutziger, weißer Halskragen war mit zwei Troddeln zusammengebunden. Dazu Schnallenschuhe und ein Puritanerhut, alles aus Cromwells Tagen.

Er trat ein.

»Ihr seid hier, nicht wahr?«, sagte er.

Zuerst antwortete man ihm nicht.

»Ja, mein Freund«, sagte die alte Frau.

Deborah zuckte die Achseln, Emma lächelte.

»Kommt her, aber dass ihr mir deutlich schreibt, oder – – – vor allem aber ändert nicht an den Worten, die mir kommen – – und unterbrecht mich nicht, wenn ich nicht von selbst einhalte. Ihr habt eine Art mir Worte vorzusagen, die mir ganz richtig erscheinen, wenn ihr sie mir sagt, weil sie mich in Erstaunen setzen ... und die ganz nichtssagend sind, wenn ihr es mir nachher vorlest. Ein Wort, das für sich betrachtet nicht richtig erscheint, ist doch manchmal das beste, wenn es im Zusammenhange steht. Wahrlich, der rechte Dichter ist nur derjenige, der seine Gedanken herausschreit, auch brüllt oder donnert. Schade für die, die nicht meine Sprache verstehn, aus der in meinen Versen der Hauch der Ewigkeit weht.

Aber dem Rauschen der Verse, den Bildern, den Ausdrücken, dem ganzen Gedankengang einen anderen Sinn geben, das kann man ja so leicht! Nur eine Handbewegung und man spricht nicht mehr nach – man äfft nach! Man treibt Possen damit, die später gewiss vergessen werden, die aber heute die Aufmerksamkeit von dem großen Werke ablenken, aus dem diese Seifenblasen aufsteigen. – Und es werden nur diese bezahlt, denn die hohle Welt will ja nichts anderes als das Leere.

Was schadet das? Nur der Gedanke wird leben. Die Worte wechseln und kommen rasch aus der Mode, der Gedanke allein wird leben. Denn im tiefsten Grunde alles Seins gibt's weder Worte noch schöne Sätze, nur das, was diesen leeren Segeln den Lebenswind einhaucht, nur der Gedanke ist da und er allein wird bleiben. Unter den sogenannten Dichtern bin ich wie ein Mensch unter den Affen, wie ein Lebender unter den Toten, wie ein Löwe, der von den Ratten verzehrt wird. Jesus Christus hat mir den Weg gezeigt und ich weiß durch ihn, wie die Menschen einen Gott empfangen. Mein Schicksal wird das der Propheten sein.

Ich ergebe mich darein, dass die Menschen über mich spotten, über meine Werke, über meine Armut – denn wäre ich reich – o, dann würde man finden, dass ich ein großer Dichter sei, gar ein Nebenbuhler von Tom Craik, dem Verfasser von – – ach, der unsterbliche Name entfällt mir!

Kommt! – Ah, mein Gott, ich habe solche Magenschmerzen! – Aber sollte es nur ein bisschen Hunger sein? Na, dann ist es nichts! Außerdem seid ihr wohl auch noch nüchtern, meine Töchter? Denn soviel ich mich erinnere, ist wohl nichts mehr da? Lasst uns Gott die Ehre geben! Die Heiligen haben auch wenig gegessen. Diese Lächerlichkeit ist weniger peinlich, als die Magenbeschwerden der Leute, deren erbärmliche Spitzbübereien uns des Notwendigsten berauben. – Warum sagt keiner etwas? Seid ihr überhaupt da?

Wir beklagen sie, weil sie dumm genug sind, sich den Magen zu verderben, um über unsere Fasttage zu lachen – jeder hat sein eigenes Schicksal! Es gibt tatsächlich Leute, die nichts Besseres und Lustigeres kennen, als ihren Brüdern das Brot wegzustehlen und dann hohnlächelnd zuzusehen, wie dieselben abmagern, weil es ihnen an Lebensmitteln fehlt. Sie vergessen nur eins, nämlich, dass es gerade so lächerlich ist, an zu vielem Fressen, wie an Hunger zu sterben, an Wohlbeleibtheit wie an Magerkeit! – Nein, Tochter, ich bitte, ich beschwöre dich, lass mich nun nicht mehr von etwas anderem sprechen, als von – – – gehorche mir! Ich bin dein Vater, hier sieh mich zu deinen Füßen.«

»Vater! Welche Aufregung, ist das nun vernünftig gehandelt? Solchen Auftritten gegenüber kann man kaum glauben, dass du heute genug gesunden Verstand hast, um uns lesbare Dinge zu diktieren, wie zu der Zeit, als du noch selbst schriebst. Glaube uns! Im Interesse deines eigenen Ruhmes bitten wir dich, zu Bette zu gehen und dich auszuruhen.«

»Ah! Grausames Kind! Sei verf…, nein, ich will niemand fluchen, selbst derjenigen nicht, die – – –. Wisse, dass es der Odem Gottes ist, den ich euch diktiere! Oh, göttliche Eingebung! Oh, Elend der Demut Gottes! Es bedarf des guten Willens dieser Plaudertaschen, um in den Versen das Flüstern des Odems Gottes zu vernehmen! – – Sieh, alter Mann, wie dein Werk – – –«

Die Töchter waren schon nicht mehr da. Sie rebellierten stets gegen den jähzornigen Greis.

Da tastete er sich in der Dunkelheit voran, erreichte die Rücklehne eines Sitzes bei dem Tische, setzte sich, stützte die Ellbogen auf und schloß die Augenlider.

Und endlich erhob sich Miltons Stimme langsam und feierlich.

Er sagte:

»Sei gegrüßt, heiliges Licht, du erstgeborene Tochter des Himmels – –.«

Es waren Worte, dergleichen die Menschen noch nicht gehört. Es war eine Fülle reicher Bilder und Gedanken und die Stimme des Greises, der die späte Stunde der Nacht ganz vergaß, klang durchdringend, tief und klangvoll. Ein Engel schien ihn zu begeistern, es war, als ob man das Rauschen seiner Flügel in den heiligen Worten spürte, die er sprach. Man sah die Baumkronen des Paradieses, vom Morgenrot erhellt, man hörte das Morgenlied Evas, die am klaren Quell ihr Gebet sang, man sah Adam, der ernst und schweigend anbetete, man sah den bläulichen Widerschein der Schlange, die sich um den Stamm des verbotenen Baumes schlang, man empfand noch einmal in der Seele die erste Versuchung unseres Geschlechts – o all dies klang in der Verklärung des alten Sehers! – – –

Bei diesen Tönen, deren Klang sie aus ihrem ersten Schlummer erweckt hatte, erschienen die drei Frauen im Nachtgewande. Die eine trug eine Lampe, die sie mit ihren Händen vor dem Zugwind schützte. Sie betraten den Raum, in dem in tiefer Einsamkeit, von düstern Schatten umhüllt der greise Lehrer göttliche Dinge offenbarte.

»Papier! – Tisch herbei!«

Dann mit leiser Stimme:

»Kein Papier da? – Oh, was für eine Feder, sie ist ganz stumpf –«

»Vater, wir sind da. Wir versuchen zu schreiben, aber man kann dir nicht folgen. Was du da sagst, klingt sehr gut, ich muss es selbst gestehen. Wenn du wieder anfangen wolltest, vielleicht - -«

Nach einem langen Schweigen und einem tiefen Schaudern antwortete Milton mit leiser Stimme und einem Seufzer:

»Oh! Es ist zu spät, ich habe alles vergessen.« - -

Der Zar und die Nachteulen 1880

Die bevorstehende Krönung des neuen Zaren erinnert mich an eine Reihe von Umständen, deren geheimnisvoller Zusammenhang bei manchen vielleicht das Gefühl jener seltsamen »Sympathien« erwecken dürfte, von denen Swedenborg spricht. Jedenfalls geht daraus hervor, dass die Wirklichkeit manchmal in einem fantastischen Spiel merkwürdig zusammentreffender Umstände die äußerste Grenze des Wunderbaren überschreitet.

Im Frühsommer 1870 gab der Großherzog von Sachsen-Weimar dem Zar Alexander dem Zweiten ein kunstvoll geleitetes Fest. Mehrere Fürsten Deutschlands waren dazu eingeladen. Es sollte, wenn ich nicht irre, die Verlobung einer sächsischen Prinzessin mit dem Großfürsten Wladimir, dem Bruder des Zarewitsch, in die Wege geleitet werden.

Das Programm umfasste ein Fest in Eisenach und die Aufführung der Hauptwerke Wagners in dem kleinen, aber sehr guten Theater in Weimar.

Ich kam am Vorabend des Festes im Hotel »Zum Erbprinzen« an und saß abends an der *Table d'Hôte* Liszt gegenüber, der inmitten seines weiblichen Hofes Champagner trank und sein geistliches Kleid bequem genug zu tragen schien. Zu meiner Linken plauderte eine junge Stiftsdame vom österreichischen Hof, die ein kleines Stumpfnäschen hatte, was damals sehr beliebt war – die aber im Gegensatz dazu so streng tugendhaft war, dass man sie »Sainte Roxelane« nannte. Um den Tisch herum lief Olga de Janina, die fantasievolle Kunstschützin. Wir waren ganz unter Künstlern, man gab sich ohne allen Zwang.

Zu meiner Rechten saß dick und breit ein Kammerherr des Zaren, Graf Phedro, ein Fünfziger, der mehr als sechs Fuß hoch war, übrigens ein berühmtes Original.

Nachdem wir zwei oder drei höfliche Worte gewechselt hatten, waren wir schon näher bekannt miteinander geworden.

Er war ein alter Pole, der sich jedoch zu praktischen Ideen bekehrt hatte, ein vollendeter Höfling, vor dessen liebenswürdigem Lächeln sich die schwierigsten Fragen leicht lösten. Ich erfuhr später, dass seine Stellung eine Sinekure sei, die die Gnade des Kaisers für ihn besonders geschaffen hatte. Sein Anzug zeigte eine etwas vernachlässigte Eleganz, auf dem Kopfe trug er einen unmöglichen Hut, ein Ding von unbestimmter Form, wie der Hut eines Trunkenboldes, der schon zwanzigmal hin- und hergeworfen war. Und gerade darauf war er stolz. Das schien der bedeutendste Punkt seiner Persönlichkeit zu sein, die übrigens schon ein wenig aus den Angeln gegangen war. Im Übrigen war er ein liebenswürdiger Plauderer, ein feiner, sehr gebildeter Kenner. – Warum erzähle ich eigentlich von ihm? – Wie oberflächlich auch unsere Bekanntschaft war, er hat sich nun mal meinem Gedächtnis eingeprägt.

»Sie sind hier in Begleitung Seiner Majestät?«, fragte ich ihn.

»Nein«, antwortete er, »ich bin nur privatim in Weimar, als Liebhaber der Kunst.«

Auf eine allgemeine Frage über die moderne Bewegung in seinem Adoptivvaterlande antwortete er:

»In unsern Tagen wird der Zar nur von den tausend Augen der kleinen russischen Aristokraten, von dem stets unzufriedenen Hochadel schief angesehen. Eure Freiheitsideen sind dort ohne Spitze. Die freigelassenen Leibeigenen kommen von selbst, um sich wieder zu verkaufen. Alle sind für den Kaiser! Nicht *zu Füßen des Zaren, nein, nur in seiner nächsten Umgebung leuchten ihm Unglückssterne.*«

Wir tranken Kaffee und rauchten eine Cigarre. Währenddessen gab mir Phedro gute Ratschläge, wie man im Leben vorankommen könne, und ich lauschte den Worten des gewandten Hofmannes mit jener traurigen Verachtung, die sich nur hinter tiefem Schweigen verbergen kann.

Man erhob sich; mein Reisegefährte, der Dichter Catulle Mendés, kam auf mich zu.

»Der Großherzog wird heute Abend bei Liszt erscheinen, er wünscht, dass ihm dort die französischen Gäste vorgestellt werden. Liszt schickt mich zu dir, um dich zu bitten, ganz freundschaftlich eine Tasse Tee bei ihm zu trinken. Bring' eines deiner Manuskripte mit!«

»Gut!«, antwortete ich.

Gegen neun Uhr, nach einer halboffiziellen Vorstellung bei Liszt, bat mich der Großherzog, ein schlanker Mann von 38–40 Jahren, irgendetwas vorzulesen; ich setzte mich unter einen Kandelaber an ein Pfeilertischchen. Er saß mir gegenüber und stützte die Ellenbogen auf. Ungefähr zwanzig Freunde des Weimarer Hofes sowie einige Fremde saßen um mich herum und ich las etwa zehn Seiten aus einem tollen und unheimlichen, aber zeitgemäßen Possenstück »Tribulat Bonhommet«.

Es gibt Abende, an denen alles zur Fröhlichkeit aufgelegt ist. Durch einen glücklichen Zufall hatte ich einen solchen getroffen, ich hatte einen ungeheuren Erfolg, überall wütendes Gelächter.

Diese fast krampfhafte Lustigkeit bemächtigte sich auch der ernstesten Zuhörer, sodass sie die Etikette darüber ganz vergaßen. Unter anderem bemerkte ich, dass der Großherzog buchstäblich Tränen in den Augen hatte. Ein ernster Offizier vom Gefolge des Zaren lachte zum Ersticken und musste sich zurückziehen; wir hörten im Vorzimmer die kolossalen Ausbrüche seines Lachens, dem er sich dort ganz ungeniert hingab. – Es war ganz toll und ich bin überzeugt, dass, wenn S. K. Hoheit der Großherzog von Sachsen-Weimar morgen diese Zeilen lesen wird, er sich eines Lächelns nicht erwehren wird, wenn er jenes Abends gedenkt. Am anderen Morgen strahlte die Sonne hell über dem köstlichen, von waldbesetzten Höhen umkränzten Tal von Eisenach und beleuchtete die Zinnen der stolzen Wartburg. Die fünfzehn- oder zwanzigtausend Untertanen unseres ehrwürdigen Schlossherrn überließen sich überall harmlosester Fröhlichkeit. Bierzelte mit bunten Wimpeln, Hanswurstbühnen, Musikbanden – ein großes Fest im Freien! – Dieses Volk war stolz auf seine Vergangenheit und hielt sich einer großen Zukunft für würdig.

Der Großherzog, der wie ein Freund von allen geliebt und verehrt wurde, spazierte in modernem Paletot ganz allein unter den Leuten umher, überall wurde er mit freundlichstem Lächeln begrüßt.

Ich hatte morgens die Wartburg besucht. Man zeigte mir dort den schwarzen Fleck auf der Mauer, der vom Tintenfass Martin Luthers stammte, das dieser würdige Gottesmann dem Teufel, den er seinem Schreibtisch gegenüber zu sehen glaubte, an den Schädel warf. Man zeigte mir den Gang, in dem die heilige Elisabeth das Rosenwunder vollbrachte, und den Saal des Landgrafen, wo die Minnesänger Walter von der Vogelweide und Wolfram von Eschenbach durch den Sang des Venusritters besiegt wurden.

Das Fest gab uns ein Neuaufleben vergangener Jahrhunderte, die die alte Wartburg wieder in Erinnerung brachte.

Als der Großherzog mich in dem Tale bemerkte, kam er mir mit großer Liebenswürdigkeit entgegen. Während wir plauderten, grüßte er mit der Hand eine alte Dame, die fröhlich zwischen zwei hübschen Studenten daher kam. Letztere führten sie am Arme, den Hut in der Hand.

»Die da«, sagte er zu mir, »ist die Künstlerin, die das Gretchen im Faust in Deutschland kreiert hat. Sie wird morgen hundert Jahre alt.«

Einige Augenblicke später fuhr er lächelnd fort:

»Sagen sie mal, haben sie auf der Wartburg auch den Bären, den Luchs, das Rentier, den Tigerwolf, den Adler, kurz die ganze Menagerie gesehen?«

Als ich bejahte, fügte er ein Wortspiel hinzu, das nur im Französischen möglich und verständlich ist, einen Kalauer, den der Großherzog gern seinen Gästen auftische.

Er sagte: »Nun, jetzt sehen sie auch einen Grand-Duc[1] vor sich. Es gibt deren Tausende in dem Park von Weimar. Da ist das Stelldichein aller *Nachtvögel* Deutschlands. Ich lasse sie dort solange leben, wie sie wollen.«

Ein Kammerherr näherte sich uns; er begleitete einen Kurier des Zaren, der eine Botschaft überbrachte. Ich entfernte mich. Einen Augenblick später meldete Graf Phedro mir, dass der russische Kaiser am Abend nach Weimar kommen und der Vorstellung des Fliegenden Holländers beiwohnen werde.

Die Sonne senkte sich hinter den Hügeln und den Laubvorhängen der Eschen und Eichen, deren Blätter rotgold erschienen. Die ersten Sterne leuchteten über dem Tale hoch oben am tiefblauen Himmel. Alles ringsumher war still. Dann plötzlich hörte man in der Ferne einen unsichtbaren Chor von mehr als achthundert Stimmen, der den Gesang der Pilger aus dem Tannhäuser anstimmte. Bald erschienen die Sänger selbst; in lange, braune Kutten gehüllt und auf Pilgerstäbe gestützt, schritten sie langsam den Venusberg hinauf; ihre Gestalten lösten sich deutlich von der Dämmerung ab. Wo anders als in dieser durchaus künstlerischen Gegend Deutschlands sind solche fantastischen Spiele möglich? Als nach dem mächtigen Schlusssatz der Chor schwieg, erhob sich eine Stimme, zweifellos die von Betz oder Scaria, und sang das herrliche Lied Wolframs von Eschenbach an den Abendstern.

Der Minnesänger stand auf dem Gipfel des Venusberges ganz allein, wie eine Vision aus der Vergangenheit hoch über der schweigenden Menge. Die Wirklichkeit verwandelte sich in einen wunderbaren Traum. Die Wir-

---

[1] Grand-Duc = Großherzog; Granduc = Nachteule

kung war eine so gewaltige, dass der Gesang verhallte, ohne dass jemand auch nur die Idee gehabt hätte, Beifall zu klatschen. Es war wie nach einem Abendgebet.

– – Kanonenschüsse, die von der Veste herabdonnerten, zeigten an, dass das Fest vorüber sei. – Gegen acht Uhr saß ich wieder in dem großherzoglichen Zug und fuhr nach Weimar zurück. – Dort war der Zar angekommen.

Am anderen Abend bekam ich einen Theaterplatz neben der witzsprühenden Frau de Monkhanoff, der Chopin die meisten seiner Mondscheinwalzer gewidmet hat, diese Geistermusik, die man abends hinter den Gittern eines verlassenen Herrenhauses zu hören glaubt. – »Sainte Roxelane« war auch da. – Aus dem Hintergrunde der Loge warf Phedro seinen großmeisterlichen Schatten über uns.

Die doppelte Galerie, ja der ganze Saal strahlte in dem Feuer von Myriaden Diamanten, von einer Überfülle von Orden mit kostbaren Steinen auf blauen Uniformen oder schwarzen Hoffracks. Dazwischen die feinen weißen Profile fremder Damen, die sich matt von dem roten Sammet der Logen abhoben – auch scharfe, hochmütige Blicke, die wie Degenklingen sich kreuzten.

Im Mittelpunkt – in der Loge des Großherzogs und an seiner Seite – saß der Großfürst Wladimir. Neben diesem jungen Fürsten eine Prinzessin von Sachsen-Weimar. Links in der Loge der König von Sachsen.

Rechts war die Loge des abwesenden Königs von Bayern. In der rechten Proszeniumsloge stand kalt und hoch aufgerichtet in sächsischer Uniform, das Malteserkreuz um den Hals, die Stirn von der dem Hause Romanoff eigentümlichen Melancholie umdüstert, Alexander der Zweite.

Der Klang einer Glocke ertönte, eine sofortige Dunkelheit erfüllte den Saal mit tiefem Schweigen. Die Ouvertüre zum »Fliegenden Holländer« rauschte durch den Saal. Der Trauerruf des Holländers ertönte auf den schwarzen Wogen der hohlen See, wie das alte Lied des Ewigen Juden der

Meere. Alle horchten. Ich blickte auf den Zaren, er lauschte ebenfalls.

Mein Geist war noch ganz eingenommen von dieser triumphierenden Musik, als ich am Ende des Abends in das Hotel »Zum Erbprinzen« ging, um etwas zu essen. Dort war alles voll heller Begeisterung.

Da ich jedoch die Einsamkeit der begeistertsten Besprechung vorziehe, entschloss ich mich, allein in den Park zu gehen, um mich durch eine Zigarre zu zerstreuen.

Ich ging hinaus und überließ die Reden den Musikkennern.

War die Nacht schön! Und erst der Park von Weimar in dieser herrlichen Nacht! – Ich ging hinein. In der Ferne, links vom Gitter, schimmerte ein Licht unter einem Dom von Laub hervor. Dort war das Goethehaus, das ganz allein, einsam und verloren in dieser Einsamkeit liegt. Der Mond warf einen breiten Lichtstreifen über den Rasen, der Goethes Sterbezimmer gegenüberliegt. »Mehr Licht!«, dachte ich. – Ich verlor mich in den hundertjährigen Bäumen einer Allee, deren Äste und Zweige so ineinander verwachsen waren, dass sie das Dunkel der Nacht noch mehr verfinsterten. Ich war ganz allein. –

Ich ging ungefähr eine Stunde aufs Geratewohl voran, ohne auf den Weg zu achten.

Dann bemerkte ich, dass etwa in Manneshöhe über mir, da, wo die ersten Äste der Bäume ansetzten, jeden Augenblick leise in dem Dickicht etwas rauschte, als ob sich eine Menge lebender Wesen darin bewegte.

Als ich das Dunkel der Zweige zu durchdringen suchte, erkannte ich unzählige, runde, blinzelnde und phosphorig glühende Augen. Es waren die »Granducs«, von denen mir der »Grand-Duc« von Weimar (mit Reverenz gesagt) erzählt hatte.

Sicher, die fühlten sich hier zu Hause! Niemand beunruhigte sie; sie wurden durch einen alten Aberglauben geschützt. Die Förster des Fürsten respektierten sie und so saßen sie in langen Reihen auf ihren dicken Ästen und überließen sich ganz ihren düstern Gedanken. Manchmal durchkreuzte eine der Nachteulen in langsamem, schwerfälligem Fluge mit dumpfem Schrei die Allee. Außer diesen seltenen Flügen störte sie nichts in ihren tiefen Träumen.

Mein nächtlicher Spaziergang hatte mich zu einer Lichtung geführt, in deren Grunde ich das erleuchtete herzogliche Schloss sah. Sollte das Abendessen der Fürsten noch immer dauern? – Nun stieß ich gegen ein Hindernis, ich sah, dass es eine Bank war. Ich ließ mich ganz gefangen nehmen von der Ruhe und Schönheit dieser Nacht; ich streckte mich lang aus, stützte den Ellbogen auf und ließ meine Augen über die Lichtung gleiten. Es mochte so ungefähr halb zwei Uhr sein.

Plötzlich erschien jemand vom Ausgang einer der kleineren Alleen, die zum Schlosse führen, und schritt, die Zigarre in der Hand, gerade auf mein Versteck zu.

Gewiss irgendein sentimentaler Offizier, dachte ich, während der Spaziergänger langsam auf mich zukam. Als er jedoch in meine Allee eintrat, wurde er plötzlich ganz vom Mondlicht übergossen – ich zitterte – – –

»Halt, das muss der Zar sein!«, sagte ich zu mir selbst.

Einen Augenblick später erkannte ich ihn ganz genau. Ja, er war es. Dieser Mann, der aufs Geratewohl durch die dunkeln Laubgänge schritt, in denen ich allein wachte, er, den ich jetzt schon nicht mehr sah, von dem ich nur wusste, dass er noch da war und dessen Schritte ich durch die Nacht mitten in der Allee hörte, war der mächtige Zar, Alexander der Zweite! Das seltene Ungefähr, durch das ich mich plötzlich ganz allein mit ihm befand, machte tiefen Eindruck auf mich.

Niemand folgte ihm! Kein einziger Offizier. Wahrscheinlich hatte es auch ihn gedrängt, allein zu sein und in der Stille der Nacht aufzuatmen. Ich hörte, wie seine Schritte sich mir näherten; er konnte mich nicht sehn. Ungefähr drei Schritte von mir entfernt leuchtete seine Zigarre plötzlich auf und ihr Widerschein auf seinem vergoldeten Kragen erhellte für einen Augenblick seinen leicht ergrauten Bart sowie das weiße Malteserkreuz. Es war wie ein Blitz, der flüchtig, aber in unvergesslicher Weise die tiefe Dunkelheit durchschnitt. Ohne mich zu bemerken, ging er an mir vorbei, und ich sah ihn sich nach einer seitwärts gelegenen Lichtung entfernen, die ungefähr dreißig Schritte von meiner Bank entfernt lag. Da sah ich, wie der Zar plötzlich anhielt und einen langen Blick nach Osten warf, wo bald die Morgendämmerung herannahen musste. Heftig riss er mit beiden Händen die Zweige des hohen Unterholzes auseinander und blieb, die Augen in die Ferne gerichtet, ab und zu an seiner Zigarre ziehend, unbeweglich stehen.

Aber das Geräusch der auseinander gedehnten und geknickten Zweige hatte Lärm hinter ihm verursacht! Aus dem tiefen, dunkeln Laub blickten zahllose leuchtende Augen ernst auf ihn nieder. Die Worte Phedros fielen mir bei diesem Anblick plötzlich wieder ein: »Ganz nahe um ihn herum leuchten die Unglücksaugen.«

Also selbst hier, mitten in einer kleinen deutschen Stadt, wurde wie in seinem eignen Lande dieser ernste Spaziergänger, der Herrscher über mehr als hundert Millionen Seelen, er, dessen Schatten eine Seite des Erdballs bedeckte, von tausend und abertausend drohenden Augen, die ihm übelwollten, beobachtet!! – Dieser Mann konnte sich nicht in der Nacht ergehen, ohne dass die Erinnerung an Peter den Großen und seine maßlosen Wünsche durch sein Gemüt zogen, und wäre es auch nur das eines unbekannten Träumers. – Nach wenigen Augenblicken kehrte der Kaiser in die Allee zurück, verfolgt von den glühenden Augen dieser verborgenen Nachtvögel, durch deren Reihen er, ohne es zu wissen, daherschritt. Bald fühlte ich, dass er an der Bank vorbei streifte, auf der ich mich ausgestreckt hatte.

Er entfernte sich nach der Lichtung zu, erschien noch einmal im vollen Mondschein, dann wieder bei einer Biegung der Allee und verschwand schließlich. – – Morgen, wenn in Moskau unzählige Stimmen ihr »Bogë Tzara Krani« rufen, wenn der Donner der mächtigen Kanonen der frommen Hauptstadt des Kaiserreichs, vereint mit den gewaltigen Glocken des Kreml, der Welt die Thronbesteigung des jungen Nachfolgers Alexanders II. verkünden – dann wird sich der Träumer des Parks von Weimar jenes einsamen Wanderers erinnern, dessen Schritten er eines Nachts gelauscht hat. Er wird sich des Spaziergängers erinnern, der mit ermüdeter Bewegung die Zweige auseinanderriss, die ihm Blick und Gedanken beengten. Er wird der Gestalt des Vorgängers des jungen Zaren gedenken, die im Schatten verschwand, verfolgt von den in geheimnisvoller Stille unheimlich leuchtenden Augen, unter denen er mit ernster, verächtlicher Miene daherschritt.

Die Marter der Hoffnung

Es war in Saragossa. Der Abend dämmerte, als der ehrwürdige Pedro Arbuez d'Espila, sechster Priester der Dominikaner von Segovia und dritter Großinquisitor Spaniens, in den Keller des Inquisitionsgebäudes hinabstieg. Zwei Beisitzer des Gerichtes gingen ihm mit Laternen voran, der Foltermeister folgte ihm. Sie nahmen ihren Weg zu einem versteckten Kerker. Ein Schlüssel knirschte in dem Eisenschloss einer schweren Tür, sie kamen in einen mit Stickluft erfüllten dumpfen Raum. Ein dämmeriger Tagesschein fiel hinein und beleuchtete matt die in die Mauern eingelassenen schweren eisernen Ringe, eine von eingetrocknetem Blute schwarz gewordene Folterbank, ein Kohlenbecken und einen Wasserkrug. Gefesselt, einen eisernen Ring um den Hals, in elende Lumpen gehüllt, lag da ein ganz verstörter Mann, dessen Alter schwer zu bestimmen war, auf einem halb verfaulten Strohlager.

Dieser Gefangene war niemand anders als der Rabbi Aser Abarbanell, ein aragonischer Jude, der des Wuchers und großer Härte gegen die Armen angeklagt, seit mehr als einem Jahre täglich gefoltert wurde. Da aber seine geistige Blindheit ebenso hart wie seine Haut war, verweigerte er dennoch auf das Entschiedenste, sich zum Christentum zu bekehren.

Er rühmte sich, die Reihe seiner Ahnen über tausend Jahre zurückzählen zu können; sind doch alle vornehmen Juden außerordentlich stolz auf ihre Abkunft! Er stammte dem Talmud nach von Othoniel ab, dem letzten Richter in Israel, und von seiner Gattin Ipsiboe. Das hielt seinen Mut trotz der unaufhörlichen Folter stets aufrecht.

Dem ehrwürdigen Pedro Arbuez d'Espila füllten sich die Augen mit Tränen, wenn er daran dachte, wie diese starke Seele sich so hartnäckig ihrem Heile verschlösse; er näherte sich dem zitternden Rabbi und sagte freundlich zu ihm: »Mein Sohn, freue dich, das Ende Deiner irdischen Prüfungen ist gekommen. Wenn ich angesichts deiner Hartnäckigkeit mit schwerem Herzen dich streng zu behandeln gezwungen war, so hat doch meine Aufgabe, dich zu bessern, ihre Grenzen. Du bist wie der dürre Feigenbaum, der, nachdem er unfruchtbar befunden worden ist, abgehauen und verbrannt werden soll. Aber es kommt Gott allein zu, über deine Seele zu richten. Vielleicht wird die unendliche Gnade des höchsten Gottes dir noch im letzten Augenblicke leuchten. Hoffen wir es: Es gibt solche Beispiele! Ruhe daher heute Abend in Frieden. Morgen früh wird man dich zu dem Autodafé abholen, das heißt, du wirst dem »Quemadro« ausgesetzt werden, der glühenden Kohlenpfanne, die dir einen Vorgeschmack des ewigen Feuers geben soll. Du weißt, mein Sohn, sie brennt nur ganz langsam und aus der Ferne. Dank den nassen, eiskalten Tüchern, mit denen wir sorgsam die Stirn und das Herz des Brandopfers bedecken und kühlen, tritt der Tod erst nach zwei bis drei Stunden, oft sogar noch viel später ein. Dreiundvierzig Sünder sollen geopfert werden. Erwäge wohl, dass dir als Allerletztem dieser Reihe die nötige Zeit vergönnt wird, Gottes Barmherzigkeit anzuflehen, dass er die Feuertaufe annehmen möge, die der Heilige Geist selbst über dich verhängt. Hoffe auf Erleuchtung, und nun, ruhe in Frieden!« –

Nach diesen Worten ließ er dem Unglückseligen die Ketten abnehmen und umarmte ihn auf das Zärtlichste.

Dann umarmte ihn der Foltermeister, wobei er ihn leise bat, ihm zu vergeben, dass er ihm so viele Schmerzen zugefügt habe; darauf begrüßten auch die beiden Begleiter den Gefangenen mit einem Kusse, beide ohne ein Wort zu sprechen.

Endlich ließ man ihn einsam und verlassen in der Finsternis zurück.

Stumpfsinnig vor Leid, mit ausgedörrten Lippen betrachtete Rabbi Aser Abarbanell ohne besondere Aufmerksamkeit die verschlossene Tür.

»Verschlossen?« ... Das Wort erweckte in ihm eine verwirrte Träumerei. Es war ihm nämlich plötzlich, als habe er den Schein der Laterne durch die Öffnung zwischen Mauer und Tür schimmern sehen. Ein matter krankhafter Hoffnungsgedanke tauchte in seinem entkräfteten Gehirn auf und erschütterte ihn. Er schleppte sich näher, um den Zustand der Tür zu prüfen. Er versuchte ganz leise und vorsichtig seinen Finger zwischen eine kleine Ritze zu schieben und sieh! Es gelang ihm, die Tür vorsichtig nach innen zu ziehen. Oh Wunder! Durch einen Zufall hatte der Begleiter des Inquisitors, der ihn eingeschlossen, den großen Schlüssel ein wenig zu früh umgedreht, das verrostete Schloss hatte nicht richtig gefasst, es war zurückgesprungen und die Tür war tatsächlich unverschlossen geblieben. Der Rabbi wagte es hinauszublicken. Es war hell genug, einen Halbkreis dunkler Mauern zu unterscheiden, in dem spiralförmige Stufen angebracht waren. Ihm gerade gegenüber führten fünf oder sechs steinerne Stufen in eine Art dunkler Halle, die in einen weiten Gang mündete, von dem man, von seinem Standpunkte aus, nur die ersten Bogen sehen konnte.

Auf allen Vieren kroch er langsam bis auf die Schwelle. Es war ein Gang von endloser Länge. Ein blasses Licht, ein traumhaftes Halbdunkel herrschte darin; kleine Lampen, die von den Gewölben herabhingen, erhellten mit mattem, bläulichem Glanze die Luft. Der Gang verlor sich in tiefen Schatten, nirgends war eine Tür sichtbar. Nur an der linken Seite waren hie und da sogenannte Ochsenaugen, die stark vergittert waren in der Wand angebracht, durch die die Dämmerung hereinbrach. Es musste wohl die Abenddämmerung sein, da zuweilen ein rötlicher Schimmer auf den Steinplatten spielte. Diese schreckliche Stille! Aber vielleicht war der Weg, der durch diese Finsternis führte, der Weg zur Freiheit! Fest klammerte sich der Jude an diese schwache Hoffnung, war sie doch seine letzte! Ohne zu zögern, wagte er sich weiter und tastete sich an der langen Mauer hin. Er kroch langsam und unterdrückte einen schmerzhaften Schrei, als eine Wunde aufbrach und ihn mit furchtbaren Schmerzen erfüllte. Plötzlich drang der Widerhall leise sich nahender Schritte an sein Ohr. Ein Angstschauder schüttelte ihn, die Aufregung erstickte ihn beinahe. Sein Auge verfinsterte sich. Nun also war alles aus! Er kauerte sich angstvoll in einer Höhlung der Mauer zusammen und wartete halb tot vor Aufregung. Es war einer der Inquisitionsrichter, der vorübereilte, er ging rasch vorbei, mit einem Folterwerkzeug in der Hand; seine Kapuze war herabgezogen, sein Anblick war schreckhaft. Die Aufregung, die den Rabbi ergriff, war so heftig, dass alle Lebenstätigkeit aufgehoben zu sein schien, es dauerte beinahe eine Stunde, ehe er imstande war, wieder ein Glied zu rühren. In der Angst überrascht und dann sofort zur Folter geschleppt zu werden, kam ihm einen Augenblick lang der Gedanke, in seinen Kerker zurückzukehren. Aber immer noch lebte die Hoffnung in seiner Seele, jene wunderbare Macht, die den Unglücklichen selbst in den verzweifeltsten Lagen noch Kraft verleiht. Ein Wunder war geschehen! Daran ließ sich nicht zweifeln. Er versuchte abermals, dem Ausgang zuzukriechen. Ermattet von der Qual des Hungers und zitternd vor Todesangst kam er demselben immer näher. Es war, als ob dieser düstre Gang sich in geheimnisvoller Weise mehr und mehr in die Länge zöge. Langsam, langsam kroch er durch das Dunkel, in der Hoffnung, den rettenden Ausgang zu gewinnen.

Oh Schrecken! Abermals ertönten Schritte, und zwar diesesmal ruhig und fest. Die Gestalten zweier Inquisitoren mit breiten, aufgeklappten Hüten erschienen in der fahlen Dämmerung vor ihm. Sie plauderten mit leiser Stimme miteinander und schienen in lebhaftem Widerspruch über einen wichtigen Gegenstand zu sein, denn sie gestikulierten heftig.

Bei diesem Anblick schloß der Rabbi Aser Ababarnell die Augen, sein Herz klopfte zum Zerspringen. Die Lumpen, in die er gekleidet war, wurden feucht von kaltem Angstschweiß, unbeweglich, lang ausgestreckt, drückte er sich so fest wie möglich an die Mauer. Gerade über ihm leuchtete eine kleine ewige Lampe, er wagte nicht, sich zu bewegen und flehte inbrünstig zu dem Gotte Davids. – Als sie gerade bei ihm angekommen waren, blieben die beiden Inquisitoren stehen, die ganz und gar von ihrer Unterhaltung in Anspruch genommen schienen, und zwar gerade unter der Lampe. Der eine von ihnen, der den Worten des anderen gespannt zu lauschen schien, warf seinen Blick auf den Rabbi. Unter der Einwirkung dieses Blickes war es dem Unglücklichen, als ob er schon von glühenden Zangen gefoltert würde. Die Qual sollte also von Neuem beginnen! Halb ohnmächtig, kaum zu atmen wagend und mit gesenkten Augenlidern lag er heftig zitternd da, als das Gewand des Inquisitors ihn leicht streifte. Aber seltsamer und doch vielleicht ganz natürlicherweise war der Inquisitor so vollständig von dem Inhalte seines Gesprächs in Anspruch genommen, dass seine Augen auf dem Rabbi ruhten, ohne ihn doch zu sehen.

Nach einigen Minuten setzten die beiden düsteren Gestalten ihren Weg fort und gingen eifrig und leise miteinander sprechend dem Kreuzgange zu, aus dem der Gefangene gekommen war. Man hatte ihn nicht gesehen!

In dem furchtbaren Aufruhr seiner Sinne durchkreuzte der Gedanke sein Gehirn: »Sollte ich schon tot sein, da man mich nicht mehr sieht?« Eine entsetzliche optische Täuschung riss ihn aus seiner Lethargie. Als sein Blick auf die Mauer fiel, schien es ihm, als ob aus derselben, ganz nahe seinem Gesichte, zwei wilde Augen ihn beobachteten. Aufs Äußerste bestürzt, in wahrer Todesangst, warf er den Kopf zurück, sein Haar sträubte sich! ... Aber nein, nein, er überzeugte sich von der Täuschung, indem er langsam mit der Hand über die Steine fuhr. Es waren nur zwei weiße Flecken an der Mauer.

Vorwärts! Er musste sich eilen, das Ziel zu erreichen, das ihm die Erlösung bringen sollte. Er war noch etwa dreißig Schritte von einem Punkte entfernt, wo der Gang sich in völlige Dunkelheit zu verlieren schien; auf dem Bauch liegend und auf Händen und Füßen rutschend, nahm er seinen beschwerlichen Weg wieder auf. Er erreichte bald den dunkelsten Teil des schrecklichen Ganges. Da fühlte er plötzlich einen kalten und scharfen Luftzug, der unter der kleinen Tür herkam, auf welche die beiden Mauern mündeten. Oh Gott! Wenn diese Pforte sich öffnen sollte. Das ganze Sein des beklagenswerten Flüchtlings wurde von einem Schwindel der Hoffnung ergriffen. Er versuchte, die Ursache des Dunkels zu ergründen. Er tastete umher, kein Schloss, kein Riegel! Eine einfache Klinke! Er richtete sich auf. Die Klinke gab dem Drucke seiner Hand nach; die kleine Pforte öffnete sich vor ihm.

»Halleluja!«, murmelte der Rabbi mit einem tiefen Seufzer der Dankbarkeit, als er aufrecht in der Tür stehend hinausblickte.

Die Pforte ging auf weite Gärten, über denen der Sternenhimmel sich ausspannte. Um ihn war Frühling, war Freiheit, war Leben! Die Gärten führten auf das nahe Feld und zogen sich bis zum Gebirge hin, dessen wellenförmige Züge sich bläulich vom Horizont abhoben. – Da, da war das Heil! Oh fliehen! Er würde die ganze Nacht durch die Zitronenwälder laufen, deren Duft ihm entgegenkam. Einmal in den Bergen, war er gerettet! Er atmete die köstliche, heilige Luft ein. Der Wind belebte ihn, seine Lungen dehnten sich! Und um Gott für die unendliche Barmherzigkeit zu danken, breitete er in inbrünstigem Gebet seine Arme weit aus und erhob die Augen zum Firmament. Er war in Verzückung. Da plötzlich war es ihm, als tauche ein

Schattenbild vor ihm auf und dann, dann glaubte er zu fühlen, wie ein Schattenarm ihn zärtlich umschloss, sich fest an ihn klammerte – er fühlte sich liebevoll an die Brust eines anderen gedrückt –, und wirklich, eine hohe Gestalt stand vor ihm! Vertrauensvoll richtete er das Auge auf diese Gestalt, dann zuckte er zusammen, ihm war, als habe er den Verstand verloren, eiskalter Schauder überrieselte ihn, der Schaum trat vor seine Lippen. – Entsetzen! Er lag in den Armen des Großinquisitors, des ehrwürdigen Pedro Arbuez d'Espila, der ihn liebevoll anblickte; große Tränen füllten sein Auge, er betrachtete den Rabbi mit der Miene des guten Hirten, der sein verlorenes Schäfchen wiedergefunden hat. Der finstere Priester drückte den unglückseligen Juden mit einer solchen Inbrunst an sein Herz, dass die härenen Spitzen des Büßergewandes, das er unter der Kutte trug, seine eigene Haut ritzten. Und während der Rabbi Aser Abarbanell zuckend und mit verdrehten Augen schreckenschaudernd in den Armen des asketischen Arbuez lag, wurde ihm klar, dass alles, was er an diesem verhängnisvollen Abend erlebt, eine ihm vorher bestimmte Folter war, die Folter der Hoffnung.

Der Großinquisitor jedoch flüsterte ihm mit sanfter Miene und vorwurfsvollem mildem Tone die Worte ins Ohr:

»Was denn, mein Kind, am Vorabend des Heils wolltest du uns verlassen?« – –

Das himmlische Abenteuer

Warum sollte man sich jetzt, nachdem Euphrasia, dies göttliche Kind, zum Lichte eingegangen, noch scheuen, es offen zu sagen, dass das Wunder, das sie zu erleben geglaubt, eine ganz natürliche Begebenheit war? Sicher ist, dass die kleine Heilige – die, im Alter von 28 Jahren, in der Provence als Oberin des von ihr gegründeten Ordens der Armenschwestern starb – selbst gewiss keinen Anstoß daran genommen haben würde, wenn sie die natürliche Erklärung des ihr widerfahrenen Heils erfahren hätte: Ihre ernst bewusste Demut würde nicht einen Augenblick dadurch beunruhigt worden sein.

Immerhin ist es doch besser, dass ich bis jetzt noch nicht davon gesprochen habe.

Ungefähr einen Kilometer von Avignon entfernt, erhob sich im Jahre 1860, nicht weit von den grünen Geländen, die stromaufwärts an der Rhone liegen, eine einsame Hütte von schmutzigem Aussehen; sie hatte nur ein Stockwerk, das durch ein einziges Fenster mit vergitterten Läden erhellt wurde. Die Hütte stand in der schützenden Nähe der Gendarmeriekaserne, die an der Grenze der Vorstadt auf dem Wege liegt.

Dort lebte ein alter Jude, den man Vater Moses nannte. Er war kein schlechter Jude, trotz seines verblichenen Antlitzes und seines Raubvogelschädels, dessen Glatze durch ein fest anliegendes Mützchen von unerkennbarem Stoff und Farbe bedeckt war, er war noch frisch und kräftig und wäre wohl imstande gewesen, in einigen Dauermärschen sogar mit Ahasver Schritt zu halten. Er ging jedoch sehr selten aus und ließ nur nach manchen Vorsichtsmaßregeln Besuch vor. Nachts schützte er seine schlecht geschlossene Tür durch eine ganze Anlage von Fuchseisen und Wolfsfallen. Dienstfertig, besonders für seine Glaubensgenossen, wohltätig für jeden, verfolgte er nur die Reichen, denen er gegen Wucherzinsen Geld lieh. Die skeptischen Ideen seiner Zeit änderten nichts an dem starren Glauben dieses praktischen und gottesfürchtigen Mannes: Moses betete, wenn er seinen Wucher getrieben, so gut, wie wenn er Almosen gegeben hatte. Da er in dieser Beziehung ein stark entwickeltes Ehrgefühl besaß, hielt er streng darauf, jeden, auch den kleinsten Dienst, der ihm erwiesen wurde, zu vergelten. Vielleicht hatte er auch für die frische Landschaft unter seinem Fenster ein gewisses Gefühl, wenn er so manchmal mit seinen klaren, grauen Augen nachdenklich hinaussah. – –

Indessen befand sich auf einer kleinen Anhöhe, die die stromabwärts gelegenen Wiesen beherrschte, etwas, das ihm die Aussicht gründlich verdarb, und er wandte sein Auge beleidigt und mit einem übrigens leicht erklärbaren Widerwillen davon ab. Da war nämlich ein sehr alter Kalvarienberg, der nur seiner archäologischen Merkwürdigkeit wegen noch von den Behörden geduldet wurde. Man musste 21 Stufen hinauf steigen, um das große Mittelkreuz mit dem gotischen Christus, dessen Züge längst von der Zeit verwischt waren, zu erreichen. Daneben standen zwei kleinere Kreuze mit Diphas und Gesmas, den beiden Schachern.

Eines Nachts saß Vater Moses an dem halb, offenen Fenster, die Füße auf einem Schemel, die Brille auf der Nase vor einem kleinen Tische, der mit Perlen, Diamanten, Gold und Wertpapieren bedeckt war; er war damit beschäftigt, seine Rechnungen in ein staubiges Register einzutragen.

Er hatte sich lange damit aufgehalten. Sein Geist hatte sich so vollständig in die Arbeit vertieft, dass seine Ohren taub für jedes Geräusch waren und einige entfernte, halb abgebrochene, seltsame Laute nicht vernahmen, die schon den ganzen Abend über das Schweigen und die Dunkelheit durchdrangen. Jetzt erhellte ein großartiger Mondschein das Land, alles war still.

»Drei Millionen!«, rief Moses, indem er die letzte Ziffer unter die Totalsumme setzte.

Aber die Freude, endlich am Ziel seiner Wünsche zu sein, verwandelte sich plötzlich in Schrecken. Ein eisiges Gefühl ergriff seine Füße, er stieß den Schemel fort und sprang auf.

Entsetzen! Klatschendes Wasser, welches das ganze Zimmer durchdrang, nässte seine mageren Beine. Das Haus krachte. Seine Augen irrten durch das Fenster und sahen, dass der Fluss aus den Ufern getreten war und die niedrigen Täler ringsum überflutete. Es war eine Überschwemmung, ein plötzliches, jäh wachsendes, schreckliches Austreten der Rhone.

»Gott Abrahams!«, stammelte er.

Trotz seines tiefen Erschreckens entledigte er sich sofort der Kleider und Schuhe und behielt nur die gestickte Hose an; dann warf er die Kostbarkeiten, Gold, Diamanten und Papiere durcheinander in eine Ledertasche, die er um den Hals hing, er überlegte, dass er später sein verborgenes, vergrabenes Gold doch wieder finden würde. Rasch nahm er noch aus einem alten Koffer ein Bündel bereits durchnässter Wertpapiere, dann stieg er auf die Fensterbank, sprach dreimal das hebräische Wort Kadosch, das heilig bedeutet, und stürzte sich in Gottes Namen als guter Schwimmer in die Flut.

Ohne viel Geräusch zerbarst die Hütte hinter ihm und versank in dem Wasser.

Nirgend ein Kahn! – – Wohin fliehen?! Er versuchte die Richtung auf Avignon zu nehmen, aber das Wasser vergrößerte die Entfernung, es war weit, viel zu weit für einen alten Mann. Wo sollte er ausruhen, wo festen Fuß fassen?

Ach, der einzige leuchtende Punkt – jene Höhe – der Kalvarienberg – dessen Stufen schon unter den schäumenden Wellen, dem Brausen der empörten Fluten verschwanden.

Soll er bei diesem Steinbild Schutz suchen? Nein niemals! Dem alten Juden war es ernst mit seinem Glauben; obgleich ihn nun die Gefahr drängte, obgleich die moderne Idee der Toleranz dem Manne, der nun nach einer rettenden Arche suchte, durchaus nicht unbekannt war, so widerstrebte es ihm doch, gerade *dem*, der dort war, etwas verdanken zu müssen, und wäre dies auch nur sein irdisches Heil.

Sein Schatten fiel lang über die Wasser – – wahrhaftig, er musste an die Sintflut denken. Er schwamm aufs Geratewohl. Plötzlich fuhr ihm ein kluger Gedanke durch den Kopf.

»Ich vergaß ganz«, sagte er prustend, während das Wasser ihm an beiden Enden des Bartes herablief, »ich vergaß ganz, dass da ja noch die armen Kerle, die Schacher sind! Meiner Treu, ich sehe gar nicht ein, warum ich mich nicht zu diesem prächtigen Gesmas flüchten sollte, bis man mich abholen kommt.«

Nachdem er so sein Gewissen beruhigt hatte, nahm er mit kräftigen Stößen seinen Weg durch die hochgehenden Wogen auf die drei Kreuze zu, die von hellem Mondschein beleuchtet wurden. Nach ungefähr einer Viertelstunde sah er, dessen Glieder bereits halb erfroren und schon steif zu werden begannen, die mächtigen Kreuze etwa hundert Meter vor sich. Sie schienen gerade aus dem Wasser aufzuwachsen.

Während er tief aufatmend überlegte und sich dann für das links stehende Holz entschied, sah er plötzlich, wie die beiden seitlichen Kreuze, die schwächer als das mittlere waren, wankten. Die Wucht der Rhone zerbrach das wurmstichige Holz und beide sanken lautlos in das schäumende Wasser. Bei diesem Anblick zögerte Moses sich zu nähern, er wäre beinahe untergesunken. Er bekam den Hals voll Wasser, hustete und spie.

Nun hob sich nur noch der Umriss des großen Kreuzes geheimnisvoll vom Horizont ab; es zeigte den bleichen

Dornengekrönten, festgenagelt mit ausgebreiteten Armen und geschlossenen Augen. Dem Ersticken nahe und beinahe ohnmächtig, empfand der Greis nur noch das instinktive Gefühl Ertrinkender, sich zu retten. Verzweifelt beschloss er, zu dem göttlichen Bild hin zu schwimmen. Der Schatz, den er retten musste, verdreifachte seine Kräfte und rechtfertigte zugleich diese Tat vor seinen Augen, die eine schreckliche Todesangst trübte. Am Fuße angekommen, ergriff er, ungern genug, das muss man zu seinem Lobe sagen, mit abgewandtem Kopfe den Stamm des Kreuzes. Das Wasser stieg und hob seinen Körper empor, rings um ihn ruhte tiefes Schweigen auf der unendlichen Flut.

»Oh, da unten! Ein Segel! Ein Boot!« Er rief – –

Man hörte ihn, man hatte ihn bemerkt!

In diesem Augenblicke türmte sich eine Woge hoch auf, hob ihn empor und warf ihn mit der Hand gegen die Wunde an der Seite des Erlösers.

Es geschah das so jäh und plötzlich, dass er kaum Zeit fand, sich anzuklammern, Leib an Leib und Kopf an Kopf mit dem Gekreuzigten. So hing er da mit abgewandtem Antlitz; die Brauen zogen sich über seinem durchdringenden hohlen Blicke zusammen, während die gabelförmigen Enden seines grauen Bartes weit abstanden und sich zitternd hin und her bewegten. Der alte Jude umfasste mit den Beinen wie ein Steckenpferd das Bild dessen, der alles vergibt. Er musste sich anklammern und schielte verstohlen nach dem, der nun auch sein »Erretter« war.

»Halt fest, wir kommen«, rief man ihm zu.

»Endlich«, seufzte Vater Moses, dessen Muskeln nachzugeben drohten. »Aber da hat mir doch einer einen Dienst erwiesen, von dem ich es nicht erwartet hätte. Da ich aber nicht gern jemand etwas schuldig bleibe, ist es nur gerecht, wenn ich ihn belohne, so wie ich einen Lebenden belohnen würde. Ich will ihm geben, was ich auch einem Menschen gegeben haben würde.«

Und während der Kahn sich näherte, durchsuchte Moses eifrig seine Tasche, um sich seiner Schuld zu entledigen; er zog ein Goldstück heraus und steckte es sehr sorgsam und so gut er nur konnte, zwischen die zwei gekrümmten Finger der festgenagelten rechten Hand. »Wir sind quitt«, murmelte er und ließ sich beinahe ohnmächtig in die Arme der Schiffer fallen.

Die sehr berechtigte Furcht, seinen Beutel zu verlieren, hielt ihn aufrecht bis zur Landung in Avignon. Dort kam er in dem warmen Bette eines Gasthauses bald wieder zu Kräften. – Einen Monat später zog er ganz nach Avignon, nachdem er vorher sein Geld unter den Trümmern seiner alten Wohnung hervor geschart hatte. Er lebte noch lange und war 100 Jahre alt, als er starb. –

Nun geschah es im Dezember des Jahres, das auf dieses ungewöhnliche Ereignis folgte, dass ein junges Landmädchen, ein sehr armes aber bildhübsches Waisenkind, Euphrasia, von einigen reichen Bürgersöhnen der Vaucluse bemerkt worden war. Geärgert über ihre unerklärliche Sprödigkeit, beschlossen diese, sie durch Hunger zu zwingen, sich ihnen hinzugeben. Dank ihren Bemühungen geschah es denn, dass man sie bald aus der Werkstätte entließ, wo sie für ihre elfstündige Arbeit täglich einen Franken verdient hatte, der für ihren Unterhalt und ihre gute Laune völlig ausreichte. (Natürlich gehörte diese Fabrik einer hoch angesehenen Familie.) An demselben Tage wurde sie auch aus ihrer Wohnung gejagt, für die sie morgens und abends Gott dankte. Ihre Mietsleute hatten selber Kinder zu versorgen und da – man muss gerecht sein! – konnten und durften sie mit gutem Gewissen sich doch nicht der Gefahr aussetzen, die schönen sechs Franken monatlich zu verlieren, die ihnen das kleine Speicherstübchen einbrachte. »Anständig ist sie, gewiss«, sagten sie sich, »aber mit dem besten Anstande kann man doch keine Miete bezahlen, wenn man arbeitslos ist! Überdies – vielleicht ist es zu ihrem eigenen Besten«, sie zwinkerten mit den Augen, »wenn man ein wenig hart gegen sie ist.«

So kam es, dass an einem Winterabend, als eben die klaren Töne des Angelus ertönten, das arme zitternde Kind durch die mit Schnee bedeckten Straßen schritt und ohne zu wissen, wohin sie ging, ihre Schritte zum Kalvarienberge leitete.

Es waren wohl die Engel selbst, die sie hierher führten und deren Flügel ihre Schritte auf den verschneiten Stufen unterstützten, bis sie zu Füßen des Heilands matt niederfiel und den Kopf gegen das Kreuz lehnte, während ihre Lippen die treuherzigen Worte murmelten: »Mein Gott, hilf mir mit einem kleinen Almosen, sonst muss ich hier sterben.«

Da geschah es, dass aus der rechten Hand des alten Christusbildes, zu dem die Augen der Bittenden sich erhoben, plötzlich ein Goldstück auf das Kleid des Mädchens fiel, das durch dies Wunder zu neuem Leben erwachte.

Es war ein hundertjähriges Stück mit dem Bilde König Ludwigs XVI., dessen gelbes Gold auf dem schwarzen Kleide des auserwählten Kindes leuchtete. Gewiss war auch zugleich ein göttlicher Funken in die Seele dieser Himmelsbraut gefallen, der ihren Mut neu belebte. Sie nahm das Goldstück, ohne sich auch nur zu wundern, erhob sich, küsste lächelnd die Füße des Erlösers und kehrte in die Stadt zurück. Nachdem sie vernünftigerweise dem Herbergsvater zuerst die schuldigen sechs Franken gegeben, warf sie sich auf ihr kaltes Lager, aß ihr trocknes Brot und wachte, Begeisterung im Herzen, den Himmel vor Augen, kindliche Einfachheit in der Seele, dem Tag entgegen. Am anderen Morgen schon begann sie, durchdrungen von der lebendigen Kraft des Glaubens, ihr heiliges Werk, trotz aller abschlägigen Antworten, trotz verschlossener Türen, trotz boshafter Worte, Drohungen und spöttischem Lächeln.

Und ihr heiliges Werk gelang! Heute ist die junge Glückliche aus dem Leben geschieden, siegreich über all den kleinen Schmutz dieses Lebens, glückselig ob des Wunders, *das ihr Glaube schuf*, zusammen mit dem, der alles vermag.

Der Schwanentöter

Unser berühmter Freund, Dr. Tribulat Bonhomet, hatte bei irgendeiner Gelegenheit eine alte Naturgeschichte durchblättert und darin gelesen, dass der Schwan singt, ehe er stirbt.

In der Tat hat, wie er uns erst kürzlich versicherte, nur diese Musik ihm, nachdem er sie einmal gehört, über die Täuschungen des Lebens hinweggeholfen; alles andere erschien ihm im Vergleich zu ihr wie Katzenmusik oder wie »Geheul von Wagner«.

Und wie hatte er sich diesen Genuss verschafft?

So:

In der Umgebung der alten, befestigten Stadt, in der er wohnte, hatte der tatenfrohe Greis eines schönen Tages einen hundertjährigen verlassenen Park entdeckt. Im Schatten seiner großen, alten Bäume lag ein Teich, auf dessen dunklen. Spiegel zwölf bis fünfzehn dieser stillen Vögel auf und nieder glitten. Er hatte sorgsam ihre Bewegungen studiert, die Entfernungen berechnet und sich besonders den schwarzen Schwan gemerkt, der ihr Wächter war und der tagsüber in einem verlorenen Sonnenstrahl schlummerte.

Dieser Schwan hielt nachts die Augen weit auf und dann trug er einen glatten Stein in seinem roten Schnabel; bei dem kleinsten Anzeichen einer drohenden Gefahr warf er mit einer Bewegung seines schlanken Halses den Stein in die Wellen, mitten in den Kreis seiner weißen, schlafenden Gefährten. Bei diesem Warnungszeichen erhob sich die ganze Schar und floh, immer unter seiner Führung, in die schützende Dunkelheit der tiefen Alleen, den fernen Rasenflächen zu, wo graue Statuen sich in den Kaskaden spiegelten und irgendein wohlbekanntes Asyl ihnen Schutz bot.

Bonhomet hatte sie lange in der Stille beobachtet – er lächelte ihnen zu, war es doch ihr Sang, mit dem der ausgezeichnete Kunstliebhaber bald seine Ohren erfreuen wollte. Manchmal um Mitternacht, wenn in der dunklen Herbstnacht der Mond nicht schien, trieb die Schlaflosigkeit Bonhomet vom Lager auf; er erhob sich plötzlich und kleidete sich zu dem Konzerte, das er wieder einmal hören wollte, ganz besonders sorgfältig an. Der knochige, riesenhaft gebaute Doktor steckte seine Beine in pelzgefütterte Gummistiefel, an welche sich ein weiter, nahtloser, wasserdichter Regenmantel anschloss, der auch mit Pelz gefüttert war. Die Hände verbarg er in ein paar Stahlhandschuhen, die von irgendeiner mittelalterlichen Rüstung herstammten und die er – der Narr! – für achtunddreißig schöne Sousstücke von einem Altrauscher erstanden hatte. Wenn das geschehen war, setzte er seinen großen, modernen Hut auf, blies die Lampe aus, stieg die Treppe hinab und, den Hausschlüssel in der Tasche wie ein guter Bürger, machte er sich auf den Weg zu dem verlassenen Park. Auf düsteren Pfaden schlich er sich an das Heim seiner geliebten Sänger, zu dem Teiche, dessen seichtes Wasser, dessen Tiefe er überall sorgfältig ausgemessen hatte, ihm kaum bis an den Gürtel reichte. Unter dem dichten Laubdache, das bis ans Ufer ging, dämpfte er den Ton seiner Schritte und tastete sich leise und vorsichtig durch die welken Blätter. War er dann am Ufer des Teichs angelangt, so setzte er langsam, ganz langsam, ohne das leiseste Geräusch, einen Stiefel ins Wasser, dann den anderen mit einer solchen Vorsicht, dass er kaum zu atmen wagte ... Wahrhaftig, ein leidenschaftlicher Musikfreund in glühender Erwartung des ersehnten Liedes! Um die zwanzig Schritte, die ihn von seinen geliebten Künstlern trennten, zu machen, brauchte er gewöhnlich zwei bis zweieinhalb Stunden, so sehr fürchtete er die seine Wachsamkeit des schwarzen Wächters.

Ein leiser Windhauch fuhr klagend unter dem sternenlosen Himmel durch die dunklen Bäume des Ufers; Bonhomet aber, ohne sich von diesem geheimnisvollen Flüstern beirren zu lassen, schob sich leise und unmerklich weiter, so langsam, so leise, dass er gegen drei Uhr morgens etwa einen halben Schritt von dem schwarzen Schwan entfernt war, ohne dass dieser durch das kleinste Anzeichen seine Gegenwart geahnt hätte.

Der gute Doktor lächelte im Schatten, dann kratzte er leise, ganz leise, mit dem Zeigefinger seines alten Ritterhandschuhs über die Oberfläche des Wassers, gerade vor dem Wächter. Er kratzte mit solcher Zartheit, dass dieser, obwohl erstaunt, doch dies kleine Zeichen nicht für wichtig genug hielt, um den Alarmstein zu werfen. Er horchte, dunkel schien er die Furcht vor irgendeiner Gefahr zu fühlen, und sein Herz, oh, sein armes, argloses Herz fing heftig an zu pochen. – Bonhomet jubelte darüber.

Und dann geschah es, dass die schönen Schwäne einer nach dem anderen aus dem tiefen Schlummer erwachten und ihren Kopf unter ihren bleichen silberfarbigen Flügeln hervorzogen. – Gedrückt von dem schwarzen Schatten Bonhomets, gerieten sie allmählich in Todesangst und schienen irgendein unklares Gefühl davon zu haben, dass eine schreckliche Gefahr sie bedrohe. Aber in ihrer unendlichen Zartheit litten sie schweigend, wie ihr Wächter – sie konnten nicht fliehen – weil der Stein nicht geworfen war. Und die Herzen dieser weißen Verbannten pochten in dumpfen Todesqualen. Sie pochten so heftig, dass es dem berauschten Ohre des ausgezeichneten Doktors deutlich vernehmbar war, der in Entzücken geriet über ihre seltsame Angst, deren Grund er kannte: seine eigene, starre, unbewegliche, ihnen unbewusste Nähe.

»Wie süß ist es doch, Künstler zu unterstützen!«, sagte er sich ganz leise.

Ungefähr dreiviertel Stunden dauerte diese Wonne, er hätte sie nicht gegen ein Königreich austauschen mögen. Plötzlich beleuchtete der Strahl des Morgensternes, der durch die Zweige glitt, Bonhomet, das schwarze Wasser und die Schwäne mit ihren verträumten Augen. Der Wächter, der bei seinem plötzlichen Anblick vor Schrecken erstarrte, warf seinen Stein – zu spät! Mit einem entsetzlichen Schrei, mit dem die Maske seines süßen Lächelns zu fallen schien, stürzte Bonhomet mit ausgestreckten Fingern und erhobenen Armen in die Reihe der heiligen Vögel. Rasch hatten die Eisengriffe dieses modernen Helden die reinen schneeweißen Hälse von zwei oder drei seiner Sänger umfasst, umgedreht und zerbrochen, ehe noch die anderen Dichtervögel entflohen waren.

Und dann stiegen die Seelen der sterbenden Schwäne, die des guten Doktors ganz vergaßen, in einem unsterblichen Gesang der Hoffnung, der Freiheit und der Liebe zum Himmel empor.– –

Der vernünftige Doktor lächelte über diese Sentimentalität, als ernster Kenner saugte er nur den *Ton* in sich auf. Er genoss nur musikalisch, *nur* die eigentümliche Zartheit des *Tons*, dieser symbolischen Stimmen, die den Tod mit einem Liede begrüßten. Mit geschlossenen Augen atmete Bonhomet diese harmonischen Klänge ein; dann wankte er wie im Krampf, erreichte mühsam das Ufer, warf sich auf den Rücken und streckte sich in seinen warmen und wasserdichten Kleidern lang und behaglich aus.

In wollüstiger Betäubung genoss dieser Mäzen unserer Zeit in seinem Innern noch einmal den köstlichen Gesang seiner geliebten Künstler, obgleich derselbe von einer Erhabenheit war, die ihm ein wenig altmodisch erschien.

Und so kaute er noch einmal wie ein guter Bürger den herrlichen Eindruck wieder, bis die Sonne aufging.

Platonische Liebe

Evariste Rousseau-Latouche, Abgeordneter eines der aufgeklärtesten Departements, hatte seinen Sitz im linken Zentrum des Parlaments.

In seiner äußeren Erscheinung war er einer von den Herren, die immer so aussehen, als ob sie »der Onkel« wären.

Er war ungefähr 45 Jahre alt und obwohl er etwas weichlich aussah, war er doch recht widerstandsfähig. Das Alter machte sich zwar schon etwas geltend, die Backen sahen ziemlich aufgedunsen aus; aber er war ein Freund von Schönheitsmitteln und milderte durch deren regelmäßige Anwendung die Kupferröte seines Gesichtes. Er hatte eine große scharf gezeichnete Nase, die Augen waren grau; die volle, sehr rote Unterlippe stand etwas vor, die seine Oberlippe bildete die letzte Linie des Vierecks, mit dem man sein Kinn umschreiben konnte. Seine Hautfarbe war sehr frisch, was sie allerdings wohl teilweise der sorgsamen Pflege und den kosmetischen Mitteln verdankte, die jetzt in Gebrauch sind. Er war so recht der Typus eines tüchtigen Mannes unserer Zeit, der keinen Aberglauben kennt, einen hellen, offenen Kopf hat, sich nicht durch große Worte betören lässt und in allem, was Industrie und Politik betrifft, wirklich sachverständig und gut bewandert ist.

Im Jahre 1876 hatte er Fräulein Friederike d'Allepraine geheiratet. Sie war damals eine Waise von 17 Jahren und die Dame, unter deren Obhut und Vormundschaft sie lebte, hatte ihm ihre Hand gern bewilligt, weil das vornehme und ernste Aussehen, das angenehme, sichere Auftreten des allgemein geachteten Mannes ihr Vertrauen erweckt hatte. Außerdem passten die gegenseitigen Verhältnisse sehr gut.

Rousseau-Latouche hatte sich sein Vermögen durch ein großes Leinwandgeschäft erworben. Er hatte sein Geld wirklich durch ehrliche Arbeit verdient, natürlich auch durch vernünftige Verwertung aller ihm günstigen Umstände, die ja nur untüchtige Leute unberücksichtigt lassen. Er galt allgemein für einen höchst achtenswerten Mann.

Was seine Moral betrifft, so bekannte er sich zu den geläufigen Anschauungen der modernen Welt. Seine Grundsätze ließen sich ungefähr folgendermaßen zusammenstellen:

1. Im Punkte der Religion hielt er dafür, dass jeder andere Kultus durchaus so berechtigt sei wie das Christentum, da jede Religion ja ihre glühenden Fanatiker und Märtyrer gehabt hat. Er sah die herrschende Religion wie eine Modesache an, die vorübergeht und die wie ein Nebel durch die aufgehende Sonne der Wissenschaft erhellt wird.

2. Sein politisches Glaubensbekenntnis ging dahin, dass die Zeit des Königtums vorüber sei, nicht nur für Frankreich, sondern auch überall anderswo, und dass man ganz von selbst dazu kommen würde, es überall abzuschaffen.

3. Was angewandte Moral betrifft, so meinte er, es sei stets das Gescheiteste, die gesunden Regeln der Ehrbarkeit zu befolgen (soweit dies möglich sei!), ja kein öffentliches Ärgernis zu geben und nicht dem Fortschritt entgegenzustreben.

4. Im geselligen Leben hielt er dafür, dass es das Beste sei, das Gerede gewisser altmodischer Leute, die nicht mit der Zeit fortgeschritten sind, lächelnd und kaltblütig über sich ergehen zu lassen, da die Letzten von ihnen ja schließlich ebenso von der Bildfläche verschwinden würden wie die letzten Rothäute in Amerika.

Kurz, Rousseau-Latouche war wirklich ein Mann, der sehr viele Sympathien besaß, wie sie heutzutage fast alle die haben, die eine offene (wenn auch leere!) Hand und dazu genug Selbstbeherrschung besitzen, um im rechten Augenblick im Brustton der Überzeugung mit dem Worte

»Brüderlichkeit« um sich zu werfen – d. h. mit dem Worte, das heute am populärsten und einträglichsten ist!

Madame Rousseau-Latouche, geborene Friederike d'Allepraine, war körperlich und geistig sehr verschieden von ihrem Manne.

Sie war das, was man »eine schöne Seele« nennt. Ein Wesen vom Jenseits, das an einen irdischen Körper gefesselt schien. Sie war eine ernst und vornehm aussehende Schönheit, von jenem seltenen Glanze, der der Zeit zu trotzen scheint. Sie hatte etwas Imponierendes, und der Zauber, der von ihr ausging, war bedrückend und demütigend. Der keusche kalte Blick ihrer klaren blauen Augen, die durchsichtige Blässe ihres edlen Antlitzes, sowie die Grazie ihres freundlichen, herablassenden Wesens gefiel allen.

Obwohl sie fast dreißig Jahre alt war, vermochte sie noch ernste Lieben und tiefe Leidenschaften einzuflößen. Alle, die sie kannten, selbst die, die nur ganz oberflächlich mit ihr verkehrten, hatten das Gefühl, als ob sie hoch über allen gewöhnlichen Menschen stände, und wenn sie sich auch überaus einfach und bescheiden gab, huldigte doch jeder willig diesem seltenen Ausnahmewesen, das in einer Umgebung lebte, in die es so wenig zu passen schien. Sie eignete sich durchaus nicht für das gesellige Leben; obwohl sie augenscheinlich den besten Willen hatte, ihren Platz auszufüllen, schien es doch immer, als ob sie sich fremd darin fühle. Die Damen erklärten achselzuckend: »Sie ist uns zu sehr überlegen!«, und gingen dann mit einem halben Lächeln zu einem anderen Gesprächsstoff über.

Sie hatte einen unverständlichen und ganz außergewöhnlichen Geschmack. Sie liebte die Musik, in der sie ausgebildet war und wirklich ganz Außergewöhnliches leistete; aber nur die ernstesten klassischen Meisterwerke geistlichen Inhaltes fanden Gnade vor ihren Augen, und es fiel ihr nicht ein, den Wünschen und Bitten anderer je das kleinste Zugeständnis zu machen. Ebenso las sie nur Bücher geistigen Inhaltes und reinsten Stiles. Sie war keine Weltdame, und obwohl ihre Stellung sie dazu berechtigte und ihr sogar gewisse Repräsentationspflichten auferlegte, so erschien sie doch nur dann bei offiziellen Festen, wenn sie es ihres Mannes wegen durchaus nicht vermeiden konnte. Sie sprach wenig, liebte die Einsamkeit und hielt sich am liebsten in ihrem Zimmer auf, wo sie die Zeit damit verbrachte, in ihrer einfachen strenggläubigen Weise zu beten. Da sie selbst keine Kinder hatte, war es ihr eine liebe Pflicht, armen Leuten Geld und nützliche Dinge (das Letztere lieber wie das Erstere) zu bringen, und um sich dieses Vergnügen oft zu verschaffen, gab sie für sich selbst so wenig wie nur möglich aus. Denn obwohl Evariste durchaus nicht geizig war, duldete er doch keinerlei übertriebene Ausgaben und wusste seine Börse stets zur rechten Zeit zu verschließen.

Da Herr Rousseau-Latouche ein aufgeklärter Mann, ein Eklektiker war, der sich an kein bestimmtes System band, ließ er vollständig den Standpunkt gelten, den seine liebe Friederike einnahm. Er erklärte denselben für echt weiblich; im Grunde aber passte er ihm recht gut. Und zwar aus verschiedenen Gründen.

Einmal war das ja ein Zeichen vornehmer Abstammung, deren kleine Atavismen man verzeihen konnte, umso mehr, da sie ja einer Frau etwas Pikantes verleihen. Denn, wenn er selbst auch über solche Kinkerlitzchen lachte, so wusste er doch recht gut, dass sie in gewissen Kreisen, die immerhin einigen Einfluss hatten, noch galten; es war daher recht gut, dass er dort eine fromme Frau vorweisen konnte. Endlich gab dieser ernste Sinn, bis ein festeres Band gefunden, eine gewisse Garantie für das eheliche Glück, besonders bei einem Staats- und Geschäftsmanne, wie er einer war, dessen Tage so ausgefüllt waren und dem wirklich nur wenig Zeit für seine Frau und den häuslichen Herd übrig blieb. Die religiöse Schwärmerei Friederikens erschien ihm wie ein natürlicher Schutz gegen die Versuchungen des modernen Lebens, denen eine schöne junge Frau ausgesetzt ist, namentlich wenn sie sehr auf sich selbst angewiesen ist. Die unantastbare Frömmigkeit seiner lieben Frau erhöhte also nur die Achtung und Liebe, die er für sie empfand. Evariste war ja selbst – besonders im Prinzip – sehr tugendhaft. Aber selbstredend, das Leben, was man so das Leben nennt, kannte er sehr genau und hatte kaum je eine Gelegenheit versäumt, es zu genießen. Man muss nicht pedantisch sein! Das macht ja auch weiter gar nichts aus, wir leben doch in einem aufgeklärten Zeitalter! – – – Warum also sollte dieser kluge Ehemann seine Gemütlichkeit preisgeben, um seine Frau von einem frommen Wahne zu heilen, der ihm nie hinderlich, ja manchmal recht nützlich war?

Fast das ganze Jahr über lebten die Rousseau-Latouches in ihrem hübschen Stadthaus an der Avenue des Ternes. Nur im Sommer, während der Parlamentsferien, pflegte Evariste mit seiner jungen Frau sein reizendes Landhaus zu beziehen, das in der Gegend von Sceaux lag. Da man dort zurückgezogen lebte und keine Gäste empfing, waren die Abende manchmal ein bisschen langweilig. Aber man stand sehr früh auf, um den herrlichen Sommermorgen zu genießen und konnte also auch gut früher zu Bette gehen.

Große Gärten und ein nettes Wäldchen umgaben das hübsche Landhaus. Da Herr Rousseau-Latouche sehr empfänglich für den Reiz der Natur war, pflegte er schon vor sieben Uhr im bequemen Hausrock mit einem Panamahute und mit einer großen Gartenschere bewaffnet durch die Alleen und Gänge seines Gartens zu wandern, um die Rosen und Zwergobstbäume zu beschneiden, um seine Melonen und Blumen zu begießen und aufzubinden. Erst gegen zwölf Uhr kehrte er heim, um zu frühstücken, dann zog er sich in sein Arbeitszimmer zurück, nahm die Post in Empfang, korrespondierte und las Zeitungen. Die junge Frau beschäftigte sich indessen mit den Armen, die der Pfarrer des Ortes ihr empfohlen hatte, dazu kam die Führung des

Haushaltes, vielleicht noch ein wenig Musik und Lektüre. Das war völlig genug, um die sechs Wochen, die man in dieser schönen Abgeschiedenheit verbrachte, angenehm auszufüllen.

Ende Juni letzten Jahres nun bekamen die Rousseau-Latouches ganz unerwartet den Besuch eines jungen Verwandten, der aus dem alten Städtchen Jumièges kam und nach Paris wollte, um sich alles anzusehen und um sich vielleicht, wenn es ihm gefiel, dauernd dort niederzulassen.

Herr Benedikt d'Allepraine war weitläufig mit Friederike verwandt. Er war ungefähr sechs Jahre jünger als sie. Sie hatten früher, als ihre Eltern noch lebten, viel miteinander gespielt, hatten sich aber seitdem niemals wieder gesehen, nur gelegentlich durch andere Verwandte voneinander gehört und sich freundliche Grüße geschickt, wodurch sie immerhin in einer gewissen Verbindung miteinander geblieben waren. Er war ein ziemlich schweigsamer, aber sehr hübscher junger Mann, der einen sanften, liebenswürdigen Eindruck machte, entschieden etwas Vornehmes in seinem Wesen und vollendet gute Manieren hatte. Herr Rousseau-Latouche, der ihn übrigens sehr gern hatte, meinte freilich, er schmecke ein wenig nach der Provinz.

Wenn man bedenkt, wie selten ein vollständiges Übereinstimmen der Charaktere und der Neigungen ist, muss man sich wirklich darüber wundern, wie außerordentlich gut Benedikt d'Allepraine und Friederike zueinander passten. Er beschäftigte sich fast ausschließlich mit geistigen Dingen und seine ernste Richtung ließ ihn alle irdischen Angelegenheiten mit einer gewissen Verachtung betrachten. Sein Vermögen genügte ihm vollständig; obwohl es sehr bescheiden war, bemühte er sich nicht, es zu vermehren, er lebte sorglos dahin.

Er war kein »geborener Dichter«. Aber er war ein Dichter geworden, indem er sich in die Traumwelt zurückzog, in der er sich glücklich fühlte. Er wollte nichts von dem

Kampfe um den Besitz wissen, der das Leben der meisten Menschen ausfüllt und ihnen bis zum Lebensende täglich neue Aufregungen und Enttäuschungen bringt. Mit den Anforderungen des täglichen Lebens fand er sich leidlich ab, jedoch mit einer gewissen kühlen Überlegenheit, die sehr wohl erraten ließ, wie wenig Wert er auf alle äußern Dinge legte. Kurz, er hatte, dank seiner eigentümlichen Geistesrichtung, schon früh allem weltlichen Ehrgeiz entsagt und nahm nur das ernst, was das Gottähnliche in seiner Seele nähren und zu weiterer Entwicklung bringen konnte.

Fügen wir noch hinzu, dass er einen vornehmen und durchaus rechtschaffenen Charakter hatte, dass er eines Ehebruches, einer Gemeinheit, überhaupt der kleinsten Unzartheit vollkommen unfähig war; der Stempel innerer Reinheit war seinem ganzen Wesen aufgedrückt.

Obgleich jede gewalttätige Handlung eigentlich seiner feinen Natur widerstrebte, würde er doch eine gerechte Sache auch energisch verfochten haben und immer bereit gewesen sein, als ganzer Mann dafür einzuspringen. Nur die Angelegenheiten des Tages, die Streitigkeiten der Parteien, hatten kein Interesse für ihn; er hielt es unter seiner Würde, sich darein zu mischen. Er zog sich immer mehr in sich selbst zurück und schien wie in einer anderen Welt zu leben.

Benedikt wurde freundlich bei Rousseau-Latouches aufgenommen. Es fing wirklich manchmal an, dort ein bisschen langweilig zu werden. Dieser junge Mann verschaffte Evariste doch wenigstens ab und zu für einige Stunden eine angenehme Abwechslung, ein bisschen Unterhaltung. Man war ja schließlich miteinander verwandt; Benedikt musste unbedingt die Einladung, seine Ferien auf dem Landhause zu verbringen, annehmen.

Nach wenigen Tagen schon erkannten Benedikt und Friederike, dass sie Gesinnungsgenossen waren, und es ergab sich ganz von selbst, dass sie einander mit einer idealen, aber tiefen und innigen Zuneigung zugetan waren, die ihnen durchaus berechtigt erschien und die sie ganz offen zeigten. Diese ideale Freundschaft hatte etwas Trauriges und Rührendes, sie strebten nicht danach einander anzugehören; nur – – warum hatte man sich nicht früher finden und vereinen können?! Wie niederdrückend war dieser Gedanke! Es war eine harte Prüfung!

Ohne Zweifel büßten sie für irgendein von ihren Vorvätern begangenes Verbrechen. Man musste sich ohne Murren dem Willen Gottes unterwerfen und das Leid auf sich nehmen, ein Leid, das so schwer war, dass sie sich für Lieblinge Gottes halten durften, denn: »Wen Gott lieb hat, den züchtigt er«.

Als einsichtiger und taktvoller Mann bemerkte Rousseau-Latouche sehr bald das schwärmerische Gefühl, dem sie zum Opfer fielen. Wie hätten sie es ihm auch verbergen können oder wollen? Man las es in ihrem ganzen Wesen, in der Zurückhaltung, mit der sie einander begegneten!

Evariste war, wie wir bereits sagten, eine kühle Natur, die sich alles hübsch klar macht und zurecht legt, ohne sich darüber aufzuregen und zu ärgern. Seine überlegene Ruhe verlieh ihm die Gabe, alles, was geschah, genau zu beobachten und soweit dies anging, Nutzen daraus zu ziehen.

Wenn es auch vielleicht sein erster unwillkürlicher Gedanke war, Benedikt unter irgendeinem höflichen Vorwande zu verabschieden, so kam er doch nach reiflichem Nachdenken zu einem ganz anderen Entschluss.

Seine Frau und der junge Mann waren Ausnahmewesen und man musste sich in acht nehmen, ihnen entgegenzuwirken oder sie nur merken zu lassen, dass man ihre gegenseitige Neigung bemerke, eine Neigung, die etwas so Zartes und Schwärmerisches hatte, dass es ganz unter seiner Würde war, eifersüchtig darauf zu sein. Außerdem meinte er, als Fünfundvierzigjähriger stolz darauf sein zu können, eine so hübsche Frau zu besitzen, in die ein viel jüngerer Mann sich hoffnungslos verliebte. Es war eine traurige Neigung, die von allerlei mystischen und zärtlichen Gefühlen durchsetzt war und die sich höchstens ab und zu dadurch kundgab, dass die beiden ein ernstes deutsches Duett mit schwärmerischer Hingebung sangen.

Mit ein wenig Umsicht musste es Rousseau-Latouche gelingen, diese angebliche Liebe, die so wenig irdischer Natur war, in sich verlöschen zu lassen. Man musste eben Geduld haben, Zeit gewinnen. Es war nichts aufregendes in dem Rausche dieser jungen Seelen, die Enttäuschungen des Alltagslebens würden die überhitzten Gehirne bald genug abkühlen. Außerdem waren beide von einer Aufrichtigkeit und Gewissenhaftigkeit, die so klar und durchsichtig wie Kristall war und keinen Zweifel zuließ. Sie waren eines Vertrauensbruches unfähig, es war fast undenkbar, dass sie einen Ehebruch begehen sollten, – vorausgesetzt, – wohl verstanden, dass sie nicht durch den Zufall in allzu große Versuchung geführt wurden!

Das Glück seiner Ehe war ihnen heilig, denn es lag in ihrer Natur, alle Dinge ernst zu nehmen; sie würden es für schmachvoll gehalten haben einander heimlich zu umarmen. Folglich verdienten beide wirklich seine volle Achtung und – – ein vielleicht etwas mitleidvolles Lächeln. Er war der überlegene Mann, sie waren Kinder, die reinen Bébés und Kräutchen Rühr-mich-nicht-an! – Also, die Verhaltungsregel, die ihm seine Klugheit und Überlegenheit vorschrieb, war: die Augen zu schließen, nicht rau dazwischen zu fahren, sondern diese platonische Liebe zu dulden, die, wie er annahm, nichts Ernstes und Beunruhigendes hatte, und rasch genug, wenn ihr weiter keine Nahrung geboten würde, in sich verlöschen würde. Sollte wirklich bis dahin nicht alles längst vorüber sein, so würde doch mit dem ersten Anzeichen des Winters, sobald man nach Paris zurückgekehrt sein würde, diese Torheit abgetan sein. Ihnen allen würde dann nur eine angenehme und harmlose Erinnerung an den Sommeraufenthalt zurückbleiben.

Indessen sprachen Benedikt und Friederike auf den Spaziergängen im Garten, beim Frühstück und Mittagessen, besonders aber abends bei einem Plauderstündchen im Salon, trotz der kühlen Zurückhaltung, die sie zur Schau trugen, immer nur von ihren Idealen, von dem Leben nach dem Tode, dem Wiedersehen im Jenseits, von geistigen Ehen und anderen Dingen, die Herrn Rousseau-Latouche zu hoch waren oder vielmehr ihm wie Träumereien und Spielereien vorkamen.

Vergebens versuchte er die Unterhaltung auf andere Gebiete zu leiten, z. B. auf Politik. Man hörte ihn an, gewiss, und zwar mit der Achtung, die ihm zukam; aber wenn er dann auf Antworten drang, so hörte er, dass man nur wenig Interesse für solche Dinge habe und so schlecht unterrichtet sei, dass man es sich kaum erlauben könne, ein Urteil abzugeben! Ehe er sich's versah, war der Faden der Unterhaltung ihm schon wieder entschlüpft und die beiden verloren sich in mystischen Träumen. Kurz sie waren beinahe wie zwei Verlobte, die ein eigensinniger Vormund trennt und die wohl einsehen, dass sie einander auf dieser Welt nie angehören würden und ganz naiv vor seinen Augen ihre Koffer packen, um in höhere Regionen hinauszufliegen!

Es war eine Traumwelt, die sie sich mitten im irdischen Leben aufbauten.

Das ging so vierzehn lange Tage, in dieser Zeit aber war es richtig so weit gekommen, dass Evariste sich in seinem eigenen Hause wie ein Fremder vorkam.

Er konnte sich diese Erscheinung selbst nicht erklären, da doch eigentlich nichts vorlag und er es unter seiner Würde hielt, die Sache ernst zu nehmen. Indessen überkam ihn immer häufiger ein plötzliches Gelüst, Benedikt aus dem Hause zu schicken, natürlich in höflichster Weise, aber doch so plötzlich, dass er Friederike nicht mehr zu sehen bekam und keine Abschiedsszene stattfinden konnte, die, wie er fürchtete, nicht ohne Erregung verlaufen würde.

Der einzige Grund, der ihn in seiner Neutralität festhielt, war sein geistiger Hochmut und das verächtliche Mitleid, das er für solche platonische, rein geistige Liebe empfand. Ja, er war ein Mann, der sich seiner Überlegenheit zu sehr bewusst war, um solch Lächerlichem Zugeständnisse zu machen! – Es kamen aber Augenblicke, in denen es ihm ordentlich leidtat, dass er den Beiden keinen Vorwurf machen konnte, da ihr Benehmen ein so tadelloses war!

Da kam Evariste plötzlich ein seltsamer und doch ganz natürlicher Gedanke. Er wollte sie demütigen, wollte ihnen zeigen und beweisen, dass sie im Grunde auch nur Menschen von Fleisch und Blut und absolut nicht besser wie alle Welt seien. Er wollte sie überführen, dass hinter ihren wortreichen Phrasen, ihren idealen Träumen auch nur ein fleischliches Gelüst und eine recht alltägliche Leidenschaft sich verstecke! – Er wollte ihnen zeigen, dass es gar nicht der Mühe lohne, so hochtrabend und verächtlich von irdischen Dingen zu sprechen, wenn man im Grunde nicht besser sei, wie andre Leute auch!

Ohne sich über die Gemeinheit einer solchen Handlungsweise klar zu sein, machte er sich daran, ihnen Schlingen zu legen, indem er sie zum Beispiel im Garten absichtlich allein ließ, um sie dann von seinem Zimmer aus mit einem scharfen Fernglas zu beobachten. Bei dem ersten Kusse würde er sie lächelnd überrascht und ihre Scheinheiligkeit entlarvt haben. Aber unglücklicherweise erfüllten Friederike und Benedikt seine Hoffnung nicht. Kaum hatte er die beiden allein gelassen, so trennten sie sich auch schon, ganz einfach, weil sie dies für passend hielten. Friederike verließ den Garten, um ihre Armenbesuche zu machen, und Benedikt gab ihr wohl noch etwas Geld, um sie in ihrer Mildtätigkeit zu unterstützen. Darüber wechselten sie noch ein paar flüchtige Worte und dann gingen sie auseinander.

Evariste fand, dass sie geradezu einfältig seien!

Tatsache ist, dass wohl jeder Lebemann, wenigstens jeder Pariser, Benedikt für einen Narren und Friederike für eine Kokette, die mit einem Kleinstädter spielte, gehalten hätte. Und doch war das Band, das sie vereinigte, obgleich nur ein sehr zartes, haltbarer, als wenn sie gesündigt hätten.

Evariste, der sich anfangs in Zärtlichkeit für Friederike erschöpft hatte, da er ein Gefühl hatte, als könne sie ihm am Ende doch noch entschlüpfen, verzichtete dem resignierten, sanften Lächeln seiner Frau gegenüber bald darauf den liebevollen Ehemann zu spielen. Ein förmlicher Widerwillen gegen das törichte junge Weib hatte ihn erfasst. Diese rätselhafte und platonische Neigung Benedikts und Friederikens, die über alle irdischen Gelüste erhaben, nur eine Vereinigung im Jenseits erstrebte, und an der aller Spott abglitt, erschien ihm plötzlich wie die gefährlichste und stärkste aller Leidenschaften. Er erkannte das Übel mit scharfem Blick! Scheidung war das Einzige, was ihm übrig blieb.

Eine solche musste unvermeidlich gemacht werden; man musste Friederike dazu zwingen, denn gutwillig würde sie als überzeugte Katholikin niemals eingewilligt haben, da sie wohl wusste, dass ihre Religion die Scheidung verbietet. Die vollkommene Kälte und Ergebung, mit der sie seine Zärtlichkeiten über sich ergehen ließ, gab ihm volle Wahrheit über ihre Gefühle für ihn; er gab sich keiner Täuschung mehr hin.

Unter solchen Verhältnissen war es das Beste, so rasch wie möglich ein Ende zu machen, denn dies Leben wurde ihm geradezu unerträglich.

Die Sache hatte nun schon fünf Wochen gedauert, das war zu viel! Er hatte völlig genug davon. Da die Aufregung und Sorge ihm völlig die Lust benommen hatte, sich wie sonst sorgsam zu pflegen, die bewährten Schönheitsmittel anzuwenden und Bart und Haar zu färben, erschien er plötzlich grau und stark gealtert. Es galt energisch aufzutreten, ohne Verzögerung zu handeln. Der vortreffliche Mann hatte nämlich nicht vor, ein einsames Leben zu führen, er wollte wieder heiraten, sobald die Scheidung ausgesprochen war.

Wie in Romanen oder in Schauspielen erzählte er also seiner Frau, dass er für zwei oder drei Tage nach Paris reisen wolle, um nachzusehen, ob in der Wohnung in der Avenue des Ternes alles in guter Ordnung sei.

Nun hatte Herr Rousseau-Latouche einen Jugendfreund, der Polizeibeamter in der Umgegend war und dem er selbst zu dem Posten verholfen hatte.

Er suchte ihn auf, erzählte ihm die Geschichte, beschrieb genau, wie die Sachlage war, und erörterte alles mit einer Redegewandtheit, die ihm allemal zu Gebote stand, wenn es sich um seine eigenen Angelegenheiten handelte.

Der Beamte bedurfte einiger Zeit, bis er alles genau verstanden und sich zurecht gelegt hatte, aber mit dem Verständnis, das seinem Berufe anzuhaften scheint, begriff er endlich vollkommen, um was es sich handelte. –

Man kehrte also ganz heimlich am Tage nach der vermeintlichen Abreise zurück, so still wie nur möglich. Zwei Stunden nach Ankunft des letzten Abendzuges drang man vorsichtig in das Haus ein, den Schlüssel hatte Evariste wie immer bei sich.

Es war eine herrliche Sommernacht, die Luft war klar, der Himmel mit Sternen besät.

Ohne das leiseste Geräusch zu machen, schlich man sich die Treppe hinauf; man wollte nichts Geringeres, als das junge Paar *in flagranti* erwischen.

Die Tür des Salons war nur angelehnt, man hörte sprechen. Mit äußerster Vorsicht und völlig geräuschlos öffnete der Beamte die Tür.

Welch' ein verblüffender Anblick bot sich da ihren Augen!

Die beiden Liebenden hatten ihnen den Rücken zugewandt und standen mit gefalteten Händen auf dem Balkon, dessen Türen weit geöffnet waren. Beide in vollständiger Tagestoilette, schauten sie in die stille Sommernacht hinein und sprachen gemeinschaftlich mit ernster, deutlicher Stimme ihr Abendgebet, und zwar mit einer solchen Überzeugungstreue, dass selbst ein Ungläubiger darüber nicht hätte lächeln können. – –

Bei diesem unerwarteten Anblick war es Rousseau-Latouche, als ob er blödsinnig würde. Im Augenblick ergriff ihn ein Schwindel, er fürchtete für seine Vernunft!

Sein Freund, der Polizeibeamte, umfasste den schwankenden Mann und flüsterte ihm im Tone tiefsten Mitleides ins Ohr:

»Armer Freund! Noch nicht einmal – betrogen!«

Tatsache ist, dass es dem ehrenwerten Herrn Rousseau-Latouche wie ein schweres Unglück vorkam, dass er mit zwei so unbegreiflich tugendhaften Wesen zu tun hatte. – –

Der Herzog von Portland

Gegen das Ende des vergangenen Jahres war Richard, Herzog von Portland, der junge Lord, plötzlich verschwunden. In ganz England kannte man ihn, er war eine oft genannte, fast berühmte Persönlichkeit. Man sprach viel von den nächtlichen Festen, die er auf seinem Schlosse zu geben pflegte, von seinem unerhörten Glück auf dem Rennplatze, von seiner Boxerkunst, seinem fabelhaften Reichtum, seinen Reiseabenteuern und seinen Liebschaften. Nur einmal noch hatte man abends seine hundertjährige vergoldete Staatskarosse in schnellstem Galopp, von Fackeln tragenden Reitern umgeben, durch den Hydepark fahren sehen.

Dann aber hatte sich der Herzog auf sein Familienschloss zurückgezogen. Er wohnte allein und einsam in dem massiv gebauten, mit Schießscharten versehenen Schlosse, das mitten in dunklen, schattigen Gärten, auf dem von dichtem Gehölz umgebenen Vorgebirge von Portland lag. Seine einzige Nachbarschaft war das große rote Wachtfeuer des Leuchtturms, das den Schiffen, die in die offene See fahren, den Weg durch den Nebel zeigt. Eine mit Föhren bepflanzte Allee führt zwischen den Felsen durch zum Strande, sie ist durch ein hohes, vergoldetes Gitter abgeschlossen. Zur Zeit der Flut ist die ganze Küste überschwemmt. Unter der Regierung Heinrich des Sechsten erzählte man sich seltsame Legenden von diesem starken Schlosse; es hieß, dass es große Schätze berge. Auf der Plattform, die von sieben Türmen beschützt ist, wacht noch heute in jeder Fensternische, hier ein Bogenschütze, dort ein geharnischter Ritter, die zur Zeit der Kreuzzüge in Stein ausgehauen wurden.

Nachts gewähren diese Statuen, deren Gesichter von den schweren Regenstürmen, der Kälte und dem Reif von ein paar hundert Wintern verwischt sind, einen seltsamen Anblick, der zu den abergläubischsten Erzählungen Veranlassung gibt. Wenn der Sturm tobt und die Wogen des Meeres in der Dunkelheit gegen das Vorgebirge von Portland branden, wenn der Mond diese granitenen Wälle fantastisch beleuchtet, dann scheint es dem einsamen Wanderer, der über die flache Küste schreitet, als ob das Schloss von einer heldenmütigen bewaffneten Schar gegen eine Legion böser Geister verteidigt würde.

Weshalb nur hatte der leichtlebige, fröhliche Lord sich so vollständig von der Welt zurückgezogen? Litt er unter einem Anfall englischen Spleens? – Er, dessen Sinn von Natur so heiter war? Unmöglich! – Vielleicht ein geheimnisvoller Einfluss seiner letzten orientalischen Reise? – Selbst bei Hofe hatte man sich über sein plötzliches Verschwinden beunruhigt. Die Königin sandte von Westminster aus dem unsichtbaren Lord eine Botschaft.

Eines Abends hatte Königin Viktoria sich bei einer Audienz verspätet. – Neben ihr, auf einem Taburett von Ebenholz, saß ihre junge Vorleserin Miss Helena H ...

Ein schwarz versiegelter Brief vom Herzog von Portland kam an. Das junge Mädchen hatte das herzogliche Siegel geöffnet und durchlief mit ihren blauen Augen die wenigen Zeilen, die das Billett enthielt. Dann reichte sie dasselbe plötzlich, ohne ein Wort zu sprechen, der Königin.

Die Königin las ebenfalls schweigend. Bei den ersten Zeilen, die sie las, prägte sich auf ihrem gewöhnlich ruhigen Gesicht ein großes, schmerzliches Erstaunen aus. Sie zitterte sogar. Schweigend zündete sie das Papier an der brennenden Kerze an. Dann ließ sie den Brief, der in Flammen aufging, auf die Steinplatten fallen.

»Mylords«, sagte sie ernst zu den Peers, die ein paar Schritte von ihr entfernt standen, »Sie werden unsern lieben Herzog von Portland niemals wieder sehen. Er wird seinen Platz im Oberhaus nicht mehr einnehmen. Wir entheben ihn hiermit desselben, es ist das eine notwendig gewordene Vergünstigung! Sein Geheimnis soll bewahrt werden. Denken Sie nicht mehr an ihn; keiner seiner Gäste in Portland soll je versuchen, das Wort an ihn zu richten.«

Dann entließ sie den alten Boten des Schlosses mit einer Handbewegung.

»Sie werden dem Herzog von Portland sagen, was sie hier gesehen und gehört haben«, fügte sie mit einem Blick auf die schwarze Asche des Briefes hinzu.

Nach diesen geheimnisvollen Worten erhob sich die Königin, um sich in ihre Gemächer zurückzuziehen.

Beim Anblick der jungen Vorleserin, die wie eingeschlafen dasaß, die Wange auf den weißen Arm gestützt, blieb die Königin überrascht stehen und flüsterte:

»Kommst du mit, Helena?«

Da das junge Mädchen jedoch regungslos in ihrer Stellung verharrte; trat sie näher.

Ohne dass ein Erblassen es verraten hätte – wie könnte eine Lilie noch erblassen? – war sie ohnmächtig geworden.

Ein Jahr, nachdem die Königin diese Worte gesprochen hatte, sahen in einer stürmischen Herbstnacht die Schiffer, die einige Meilen vor dem Vorgebirge von Portland kreuzten, die Burg hell erleuchtet.

Oh! Es war nicht das erste Fest, das von dem abwesenden Lord seinen Gästen gegeben wurde.

Man sprach allgemein davon, die düstere Exzentrizität dieser Feste war überaus merkwürdig; der Herzog selbst jedoch war niemals zugegen. Diese Feste wurden nie in den Festsälen des Schlosses gegeben. Niemand betrat diese Räume. Lord Richard selbst, der einsam in einem der Türme hauste, schien sie vergessen zu haben.

Bei seiner Rückkehr hatte er die Mauern und Gewölbe des weiten Souterrains seines Schlosses mit großen venezianischen Spiegeln bekleiden lassen. Der Fußboden war mit Marmor und glänzendem Mosaik ausgelegt. Prachtvolle Vorhänge, die von oben herabfielen und mit kostbaren Fransen geschmückt waren, umgaben eine lange Reihe dieser wunderbaren Säle, in denen die mit dicken Wachskerzen besteckten vergoldeten Kronleuchter eine wundervolle orientalische Einrichtung beleuchteten, die mit den auserlesensten, köstlichsten Stickereien und Teppichen geschmückt war. Tropische Pflanzengruppen hauchten ihren süßen, betäubenden Duft aus. Mitten darin fielen Springbrunnen in köstliche Porphyrschalen nieder. Die schönsten Statuen, die herrlichsten Kunstwerke standen umher.

Auf die Einladung des Schlossherrn von Portland, der dabei immer »lebhafter bedauerte«, selbst abwesend sein zu müssen, versammelte sich dort eine glänzende Gesellschaft, die ganze Elite der jungen Aristokraten Englands, die verführerischsten Künstlerinnen und die schönsten Damen der Gentry.

Lord Richard wurde durch einen seiner früheren Freunde vertreten. Und dann begann eine fürstlich freie Nacht.

Nur der Ehrenplatz beim Festmahle, der Sessel des jungen Lords, blieb leer und das Wappenschild, das die Rücklehne überragte, war immer durch einen langen Trauerschleier verhüllt.

So erschallte mitternächtlich in den unterirdischen Gemächern von Portland, in den üppigen Sälen, mitten unter den berauschenden Wohlgerüchen exotischer Blumen, fröhliches Gelächter, Küsse, Becherklang, trunkene Lieder und Musik! –

Aber wenn einer von den Festgenossen sich einmal von dem Tisch erhoben und hinausgewagt hätte, um die Seeluft einzuatmen, so würde er in der Dunkelheit auf dem flachen Sandufer, über das von der offenen See her trostlos klagende Windstöße fuhren, vielleicht ein Schauspiel gesehen haben, das ihm für den Rest der Nacht die gute Laune getrübt hätte.

Oft erschien nämlich zu dieser Stunde in den Windungen der Allee, die zum Meere hinabführte, ein in einen Mantel gehüllter Mann; sein Gesicht war von einer schwarzen Maske bedeckt, an der eine kreisförmige Kapuze befestigt war, die den ganzen Kopf vollständig verbarg. Eine Zigarre in der mit langen Handschuhen bedeckten Hand, richtete er seine Schritte dem Strand zu. Zwei Diener mit weißen Haaren gingen der seltsamen Erscheinung voran; zwei andere folgten, sie trugen rauchende, rot brennende Fackeln.

Vor ihnen schritt ein Kind in Trauerkleidern und läutete einmal in jeder Minute eine kleine Glocke, um weithin zu verkünden, dass man sich aus dem Wege des Spaziergängers entfernen solle. Und der Anblick dieser kleinen Gruppe hinterließ einen beklommenen Eindruck, kalt und traurig, als ob ein zu Tode Verurteilter vorbeiziehe.

Vor diesem Manne öffnete sich das Gitter zum Strande. Seine Begleiter ließen ihn allein und er näherte sich dem Ufer des Meeres. Wie in stille Verzweiflung verloren, sich berauschend an der Trostlosigkeit des Ortes, stand er da, den steinernen Bildern auf der Plattform vergleichbar, in Wind und Regen, und horchte auf das Tosen des Meeres. Nach einer Stunde stillen Träumens kehrte der finstere Mann auf dem Wege, den er gekommen war, in seinen Turm zurück. Der Fackelträger begleitete ihn, das Glöckchen lautete vor ihm her. Oft strauchelte er unterwegs, dann hielt er sich an den rauen Felsen fest.

An dem Morgen, der diesem Herbstfeste voranging, betete die junge Vorleserin der Königin, die seit jener ersten Botschaft stets Trauerkleider trug, im Betzimmer der Königin, als ihr plötzlich ein Billett, das einer der Sekretäre des Herzogs geschrieben hatte, überreicht wurde.

Es enthielt nur zwei Worte, die sie zitternd las: »Diesen Abend«. So kam es, dass gegen Mitternacht eine königliche Barke vor Portland landete. Eine jugendliche Frauengestalt in dunklem Mantel stieg heraus.

Sie eilte der Stelle zu, woher der Wind den Schall des Glöckchens trug und wo die Fackeln leuchteten.

In seinen Mantel gehüllt, auf einen Stein gestützt und ab und zu von einem tödlichen Schauer geschüttelt, lag der geheimnisvolle Mann mit der Maske auf dem Sande.

»Oh, Unglückseliger!«, schluchzte das junge Weib, ihr Antlitz verbergend.

»Leb wohl, leb wohl!«, antwortete er.

Man vernahm in der Ferne das Lachen und Singen aus den unterirdischen Festgemächern des Schlosses, dessen Lichter sich in den Fluten spiegelten.

»Du bist frei!«, fügte er hinzu und sein Haupt fiel auf den Stein.

»Du bist erlöst«, antwortete die weiße Erscheinung und erhob ein kleines goldenes Kruzifix vor die müden Augen des Mannes, der nun verstummt war.

Ein langes Schweigen, während dessen sie unbeweglich in ihrer Stellung verharrte.

»Auf Wiedersehen, Helena!«, flüsterte er endlich mit einem tiefen Seufzer.

Als nach einer Stunde banger Erwartung die Diener sich näherten, fanden sie das junge Mädchen bei ihrem Herrn im Sande betend auf den Knien liegen.

»Der Herzog von Portland ist tot«, sagte sie leise.

Dann stützte sie sich auf die Schulter eines alten Dieners und kehrte zu der Barke zurück, die sie hergeführt hatte.

Drei Tage später las man in der Hofzeitung folgende Nachricht: Miss Helena H ... , die Braut des Herzogs von Portland, ist zur katholischen Religion übergetreten und hat gestern im Kloster der Karmeliterinnen den Schleier genommen.

Aber an welchem Geheimnis war der mächtige Lord gestorben?

Als der junge Herzog im Orient reiste, hatte er sich in der Umgegend von Antiochia von seiner Karawane entfernt, und als er mit dem landeskundigen Führer plauderte, hörte er von einem Bettler sprechen, von dem sich alles schaudernd und mit Abscheu abwendete und der ganz allein mitten in zerfallenen Ruinen wohnte.

Der Gedanke kam ihm plötzlich, diesen Elenden aufzusuchen.

Der unglückselige Lazarus war einer der letzten Träger der großen Lepra des Altertums, jener furchtbaren trockenen Lepra, dieser unerbittlichen und unheilbaren Krankheit, die ein Gott nur heilen konnte.

Trotz aller Bitten der aufs Äußerste bestürzten Führer trotzte Portland der Gefahr und drang in eine Art von Höhle, in der dieser Paria der Menschheit sein Leben verbrachte.

Mit der gewissen Großtuerei eines Edelmannes, der tapfer bis zur Tollheit ist, hatte der junge Lord diesem, dem Tode verfallenen Elenden einen Beutel voll Goldstücke gegeben und ihm bei dieser Gelegenheit herzlich die Hand gedrückt.

In demselben Augenblicke war es ihm plötzlich, als würde eine Wolke über seine Augen gezogen. Am Abend desselben Tages wusste er sich verloren: Er verließ bei der ersten Anwandlung der Krankheit das Land, begab sich zu Schiff und versuchte auf seinem Schlosse Genesung zu finden.

Aber bei den wütenden Anfällen, die er schon während der Überfahrt durchzumachen hatte, sah der Herzog bald genug ein, dass ein rascher Tod seine einzige Hoffnung sei.

So war denn alles aus und vorbei!

Fahr wohl, Jugend, Glanz des alten Namens, geliebte Braut, Berühmtheit des Stammes! Leb wohl, Kraft, Freude, Glück, Schönheit, heitere Zukunft! Seine ganze Hoffnung war in dem schrecklichen Handdruck eines Elenden untergegangen. Der Lord hatte den Bettler beerbt! Ein Augenblick der Prahlerei oder vielmehr eine allzu edle Bewegung hatte dies leuchtende Dasein dem verzweifelten Tode entgegengeführt.

So starb Richard, Herzog von Portland, der Erbe eines leprakranken Bettlers!

Vox populi

Heute ist wieder große Revue auf den Champs-Elysées! Zwölf Jahre sind verflossen, seit ich die erste sah! Die Sommersonne schleuderte ihre langen glühenden Pfeile auf die Dächer und die Dome der alten Hauptstadt und Myriaden von Fenstern warfen ihre Strahlen zurück. Das Volk wanderte in leuchtenden Staub gehüllt durch die Straßen, um die Armee zu sehen.

Vor der Gittertüre von Notre-Dame saß auf einem Klappstuhle, die Knie gekreuzt, in schwarze Lumpen gehüllt, ein hundertjähriger Bettler, einer der ältesten Vertreter des Elends von Paris, mit kummervollem Ausdruck und aschfarbenem, von vielen Runzeln durchfurchtem Antlitze. Seine Hände waren über dem Pappschilde gekreuzt, das seine Blindheit bekannt gab, und still lauschte er dem Tedeum des rauschenden Volksfestes.

War nicht jedermann sein Nächster? Die fröhlichen Leute, die vorbeikamen, waren sie nicht seine Brüder? Dieser arme Gast unter dem Portal der Kirche hatte ja auch seine Rechte; der Staat hatte ihm die Berechtigung zuerkannt, blind zu sein, und das war auf dem Zettel bestätigt. Als Eigentümer dieser Urkunde, als Inhaber eines der achtenswertesten Bettelplätze in Paris, wo er reicher Almosen sicher war, und schließlich als wahlberechtigter Mitbürger war er also bei Licht besehen gewiss unsersgleichen.

Dieser Mann, der vom Tod vergessen schien, stieß von Zeit zu Zeit seinen einförmigen Klageton aus: »Habt Mitleid mit einem armen Blinden!«

Er hörte zwischen den mächtigen Tönen der Glocken das Stampfen der Kavallerie, das Jubelgeschrei bei den Salven der Invaliden, die Kommandorufe, das Geklirr der Waffen, den Wirbel der Trommeln, die Schritte der Infanterie, eine ganze Atmosphäre von Ruhm umgab ihn. Sein überfeines Gehör vernahm sogar das Wehen der Helmbüsche, die mit ihren schweren Fransen die Kürasse streiften.

In dem Verstande dieses alten Gefangenen der Finsternis wurden tausend verschiedene Gefühle und Ahnungen wach. Er fühlte, was die Herzen und Gedanken der ganzen Stadt erregte.

Das Volk, begeistert wie immer bei solchen Gelegenheiten, schrie laut: »Es lebe der Kaiser!«

Aber mitten durch den Lärm dieses festlichen Sturmes drang von Zeit zu Zeit eine heisere Stimme. Der alte Mann, den Kopf an die Säule gelehnt, vergessen von allen Leuten, rief immer wieder das seltsam doppelsinnige Wort, das die wahre Stimmung des Volkes wiedergab, die sich unter den »Hurras!«, den »Hochs!« und den »Es lebe der Kaiser!« verbarg, das eintönige Wort:

»Habt Mitleid mit einem armen Blinden!«

Heute ist wieder große Revue auf den Champs-Elysées! – Zehn Jahre sind verstrichen, seit ich die zweite sah! – Derselbe Lärm, dasselbe Getümmel! – Und doch schien es diesmal wie ein Schatten auf den Gemütern zu lagern. – Die Böllerschüsse von der Plattform des Prytaneums mischten sich mit dem fernen Kanonendonner der Forts, dem die feindlichen Geschütze antworteten. – Der Gouverneur ritt auf seinem tänzelnden Pferde vorbei und grüßte lächelnd nach allen Seiten hin. – Das Volk freute sich über seine Sicherheit und unterbrach seine patriotischen Lieder, um ihm zuzujubeln. Aber der Jubelruf selbst war ein anderer, er hieß:

»Es lebe die Republik!«

An der Kirchentüre von Notre-Dame saß immer noch der alte Bettler. Und diese Verkörperung des geheimen Gedankens des Volkes änderte nicht seinen eintönigen Ruf:

»Habt Mitleid mit einem armen Blinden!«

Heute ist wieder große Revue auf den Champs-Elysées! Neun Jahre sind verstrichen, seit ich die dritte sah. Und bei dieser derselbe Lärm, dasselbe Getümmel, vielleicht noch betäubender wie im vorhergehenden Jahre, noch mehr Geschrei!

»Es lebe die Kommune!«, rief das Volk.

Und die Stimme des hundertjährigen Sehers ertönte wieder von der heiligen Schwelle mit dem berichtigenden Kehrreim des einzigen wahren Gedankens alles Volkes:

»Habt Mitleid mit einem armen Blinden!« – –

Zwei Monate später ließ der Generalissimus der Regierungstruppen zweimal hunderttausend Gewehre, die noch vom Bürgerblut rauchten, Revue passieren. Und das Volk, das seine Häuser noch brennen sah, rief jubelnd:

»Es lebe der Marschall!«

Dazwischen erklang heiser der ewige Ruf des Bettlers:

»Habt Mitleid mit einem armen Blinden!«

Und von Jahr zu Jahr seither, wie immer der Name hieß, den das Volk bei der Revue hochleben ließ, konnte ein aufmerksamer Beobachter immer dazwischen den leisen Ruf, den *wahren* Ruf vernehmen: den symbolischen Ruf des Bettlers, des stillen Wächters, der die Stunden ruft, der ewigen Schildwache des Volksgewissens, die das geheime Gebet der Menge wiedergibt.

Ein unbeugsamer Priester der Brüderlichkeit, hat dieser Bettler, dessen Blindheit amtlich bescheinigt ist, nie aufgehört, als unbewusster Vermittler das göttliche Mitleid für seine hellsehenden Brüder anzurufen.

Und wenn das Volk, trunken von den Fanfaren, den Glocken, dem Kanonendonner, vergebens seine wahren Wünsche unter den Jubelrufen einer erheuchelten Begeisterung zu verstecken sucht, dann erhebt sich der Bettler auf der heiligen Schwelle seiner Kirche und mit immer kläglicherer Stimme, die bis zu den Sternen zu dringen scheint, ruft er sein altes, prophetisches Wort:

»Habt Mitleid mit einem armen Blinden.«